Ein einziger Tag

Gerd Friederich, aufgewachsen im hohenlohischen Langenburg und schwäbischen Bietigheim an der Enz, studierte in Würzburg fürs Lehramt (Deutsch, Kunst, Geschichte, Geografie) und berufsbegleitend noch zweimal, zunächst in Tübingen (Pädagogik, Philosophie, Psychologie, Landeskunde), wo er mit einer historischen Arbeit promovierte, und viele Jahre später in Nürnberg (Malerei). Er arbeitete als Lehrer, Heimerzieher, Personalreferent, Schulrat, Lehrerausbilder und veröffentlichte viel Fachliteratur. Jetzt lebt er im Taubertal, schreibt Romane und malt Porträts und Landschaften.

GERD FRIEDERICH

Ein einziger Tag

Roman

Bibliographische Information der Deutschen Nationalbibliothek: Die Deutsche Nationalbibliothek verzeichnet diese Publikation in der Deutschen Nationalbibliografie; detaillierte bibliografische Daten sind im Internet über htpp://dnb.d-nb.de abrufbar.

Verlag: BoD · Books on Demand GmbH,
Überseering 33, 22297 Hamburg, bod@bod.de
Druck: Libri Plureos GmbH, Friedensallee 273,
22763 Hamburg
ISBN: 978-3-7693-2688-8

Das Geheimnis des Wandels besteht darin,
seine ganze Energie nicht
auf den Kampf gegen das Alte,
sondern auf den Aufbau des Neuen zu richten.
(Sokrates)

Heute geh ich. Komm ich wieder,
singen wir ganz andre Lieder.
Wo so viel sich hoffen lässt,
ist der Abschied ja ein Fest.
(Johann Wolfgang von Goethe)

Die Schlange, die sich nicht häuten kann,
muss sterben. So auch der Geist,
der daran gehindert wird,
seine Meinung zu ändern;
er hört auf, Geist zu sein.
(Friedrich Nietzsche)

Weiß

Weißes Licht entsteht, wenn man gelbes, rotes und blaues Licht übereinanderlegt. Weiße Mal- oder Druckfarbe entsteht aus Alabaster, Kalkstein, weißem Steinmehl (Zuckerdolomit), Eier- oder Muschelschalen, getrocknetem Sumpfkalk oder Titandioxid (Rutil). Weiß steht für Leichtigkeit und Unschuld, Reinheit, Wahrheit, Frieden und Vollkommenheit. Weiß ist der Anfang und die Ewigkeit. Die weiße Taube gilt als Sinnbild für den Heiligen Geist und Frieden auf Erden. Wo es um Reinheit des Geistes oder um Sauberkeit geht, kleidet man sich weiß. Wer im Alltag einen weißen Kragen trägt, macht sich nicht schmutzig und gehört zu den Höhergestellten. Früher ging die elegante Dame in Weiß, der elegante Herr in Schwarz. Erst seit dem letzten Jahrhundert trägt die Dame von Welt öfters Schwarz. In China und in einigen muslimisch geprägten Gegenden ist Weiß sogar die Farbe der Trauer.

Die Sonne lacht. Ein sachter Wind weht weiße Blüten von den Bäumen und streift sie ins Gras. Um mich herum leuchten Lupinen und Rittersporn. Bienen und Hummeln summen und brummen von Blüte zu Blüte. Die Sträucher verströmen ein süßliches Aroma von Jasmin und frischen Pfirsichen.

Meine Frau Doris schaut aus dem Küchenfenster unseres Hauses und winkt mir zu. Die Fenster rechts daneben gehören zur Farbenmühle, die ans Haus angebaut ist. Beruhigend das Plätschern des Mühlrads, das von der Gera in Gang gehalten wird. Auf dem Schwengel der Wasserpumpe vor dem Haus sitzt eine Elster und plustert sich auf. Hätten wir keinen eigenen Brunnen, müssten wir mehrmals täglich Wasser von einem der öffentlichen Brunnen herbeischleppen. Nachdem Erfurt dreimal in zwanzig Jahren von der Cholera heimgesucht worden war, hatte der Stadtrat beschlossen, die stinkenden Kloaken zuschütten und Frischwasser- und Abwasserleitungen bauen zu lassen. Bis Jahresende soll nun Quellwasser aus dem Thüringer Wald bis in jedes Haus fließen. Darauf freut sich Doris schon heute wie eine Schneekönigin.

Weiden, Pappeln, Hasel, Schlehen und Holunder stehen dicht an dicht. So kann ich nicht sehen, wo der Fluss unter die Bäume kriecht und seinen Weg im Schatten sucht. Viele Spatzen hausen in dem Gebüsch. Sie tschilpen, schimpfen und zwitschern den ganzen Tag. Vom Fluss her höre ich

Enten schnattern. Ein Graureiher rauscht mit ausgebreiteten Schwingen über mein Haus. Ein paar kurze Flügelschläge, schon ist er über den Pappeln und landet gleich dahinter, wo er auf kleine Fische im Wasser und Frösche am Ufer hofft.

Als ich ein kleiner Junge war, habe ich einmal dort bei den Weiden Glühwürmchen gefangen und in eine Flasche gesteckt. Die habe ich neben mein Bett gestellt. Als meine Mutter ins Zimmer kam, hat sie die Flasche lange angeschaut und mir dann erzählt, die Glühwürmchen seien verlorene Seelen, die im Dunkeln umherirrten und den Weg in den Himmel suchten. Da habe ich nur noch an die armen Seelen denken müssen. Ich bin aufgestanden und habe die Glühwürmchen freigelassen.

Die Nachbarin geht vorbei. „Guten Morgen, Eckhart!"

Sie bleibt hinter dem Scherenzaun stehen, der das Grundstück zu meiner Linken begrenzt. „Hab schon gehört, was passiert ist. Gute Besserung."

Ich erwidere ihren Gruß. Ich mag sie. Immer freundlich und gut gelaunt hat sie für jede und jeden ein gutes Wort. Sie arbeitet als Verkäuferin in einem Tuchgeschäft auf der Krämerbrücke, die flussaufwärts, nur ein paar Schritte von hier, die Gera in einem flachen Bogen überspannt. Jeden Morgen nimmt sie diesen Weg. Ihrem Mann gehört die kleine Kammgarnspinnerei mit Wasserantrieb. Sie liegt flussabwärts direkt hinter meinem Haus. Den ganzen Tag hört man das eintönige Auf und Ab der Spinnmaschine, aber ich nehme es schon lange nicht mehr wahr.

„Brauchst du was?" Doris lehnt sich weit aus dem Fenster. Sie macht sich Sorgen, das spüre ich ganz genau. Dass mir das passiert ist, ängstigt sie. Jede Minute fragt sie sich wohl, ob ich wieder gesund werde und wie es mit der Firma weitergehen soll. Das kann ich ihr an der Nasenspitze ablesen. Ich kann es nicht ändern. Es ist halt passiert.

Wenigstens bin ich seit gestern wieder zuhause. Herr Kaufmann, der Besitzer des Steinbruchs, hatte Franz gesagt, er solle ein Fass mit gelben und orangeroten Mergelknollen füllen und mich samt Fass nach Erfurt kutschieren. Als ich den Geldbeutel zückte, wollte er nur den Tageslohn für Franz. Er hoffe, sagte er und drückte mir zum Abschied fest die Hand, er könne mit mir ins Geschäft kommen. Sein Schieferbruch sei schon bald erschöpft. Farbige Sandsteine und Erden hingegen gebe es genug auf seinem Gelände. Ich lag während der Fahrt auf einer gepolsterten Bank hinter dem Kutschbock, während Franz mir viel aus seinem Alltag als Schieferarbeiter erzählte.

Doris war entsetzt, als Albert und Franz mich ins Haus trugen und auf unsere Chaiselongue legten, die auf einer Seite auf Rollen steht und auf der anderen auf Holzfüßen. Albert ist mein Mitarbeiter.

„Was soll nur werden, was soll nur werden?", jammerte sie in einem fort.

Franz versuchte zu trösten: „Das wird wieder, verehrte Frau Ledlein, wenn Sie darauf achten, dass Ihr Mann nicht aufsteht oder gar im Haus herumhumpelt."

Sie werde aufpassen, versprach sie hoch und heilig. Keine Sekunde werde sie mich aus den Augen lassen.

Ich bat Albert, Franz unsere Mühle zu zeigen. Während Doris mir die Hand hielt und mich anflehte, nicht ohne ärztliche Erlaubnis aufzustehen, erklärte Albert dem Gast die beiden Mahlwerke, den liegenden Läufermahlstein, der Färberpflanzen und farbige Erden zerreibt, und den Kollergang, die beiden aufrechtstehenden Mahlsteine, die sich auf der Bodenplatte um eine senkrechte Achse drehen und Gesteinsbrocken zermalmen. Beide Mahlwerke arbeiten nur, wenn der Wasserabsperrschieber geöffnet ist.

„Zwei verschiedene Mahlwerke in einer Mühle!" Franz war begeistert, als er wieder vor mir stand. Er fragte, ob ich ihn beschäftigen würde, falls es im Schieferbruch keine Arbeit mehr gäbe.

„Sie können noch diesen Herbst beginnen, wenn Herr Kaufmann einverstanden ist. Die Nachfrage nach meinen Tinten wird von Monat zu Monat größer."

„Sie stellen auch Tinte her?"

„Sogar sieben verschiedene Sorten. Schwarze Tinte aus Galläpfeln, graue Eisengallustinte und dunkle, leicht grünstichige Walnusstinte, die besonders lang haltbar ist und deshalb stark nachgefragt wird, vor allem von Schulen und Büros. Dazuhin rote, grüne, blaue und violette Tinte."

„Tinte machen wäre dann meine Aufgabe?"

„Bisher haben Albert und ich vor allem Pigmente hergestellt, wenn Erden und Steine angeliefert wurden. Tinte hingegen kann man immer kochen und filtrieren. Ich denke, wenn Sie bei uns sind, werden wir das so beibehalten. Also müssten Sie alles machen, was gerade anfällt, den Kollergang bedienen, Pflanzen und Erden zermahlen und Tinte fertigen."

Ich erklärte ihm, dass wir Backsteine, Ziegel und Tonscherben aller Art zu braunen, roten und orangefarbenen Pigmenten verarbeiten. Dass wir weiße Farbstoffe aus Kreide und hellbraune, gräuliche, grünliche und bläuliche Pigmente aus farbigen Sandsteinen gewinnen. Und dass wir kaffee-braune und graubraune Pigmente aus Braunkohle und schwarze aus Holzkohle herausfiltern. Zer-kleinern, mahlen, sieben oder auswaschen und die Pigmente in Gläser abfüllen, das sei, vereinfacht gesagt, unsere Arbeit, wenn wir nicht gerade Tin-ten machten. Demnächst, erklärte ich ihm, stünden allerdings Veränderungen an. Wir würden zum Beispiel erste Versuche wagen, fertige Farben her-zustellen. Dazu müsse man Pigmente mit einem Bindemittel versetzen.

Franz strahlte, seine Augen leuchteten. „Ja", sagte er, „eine viel abwechslungsreichere Arbeit als im Steinbruch. Davon träume ich schon lange. Ich werde gleich morgen früh mit meinem Chef re-den."

Doris gab ihm ein Trinkgeld. Franz dankte, be-stieg die Kutsche, winkte mir zu und schnalzte mit der Zunge. Das Pferd zog an, und der Wagen rollte aus dem Hof.

In der ersten Nacht wieder zuhause, habe ich kaum ein Auge zugemacht. Die Sorgen, wie es mit meiner Farbenmühle weitergehen und wie ich die nächsten Wochen überstehen soll, waren doch zu drückend. Deshalb habe ich Albert heute Morgen gebeten, mich samt Liege in den Garten zu schieben. Mit ein bisschen Sonnenschein sei das Leben gleich viel schöner, sagte ich.

Jetzt liege ich draußen in der Sonne und schaue in den Himmel. Über mir vollführen Rauchschwalben ihre Kunstflüge. Fünf Nester haben sie unter den Dachvorsprung meiner Mühle geklebt. Im April sind sie aus Afrika zurückgekehrt. Ihre Jungen sitzen im Nest und betteln mit weit aufgerissenen Schnäbeln um Futter. Darum jagen die Altvögel von früh bis spät Insekten und Larven. Es ist immer ein besonderes Schauspiel, wenn sie morgens und abends knapp übers Wasser zischen und mit offenem Schnabel Wasser aufnehmen. Sie sind sehr wendige Flieger und reagieren blitzschnell, wenn sie Insekten sehen. Sie bremsen im Flug leicht ab und schnappen zu. Zuweilen pflücken sie im Rüttelflug Heimchen, Mücken, Heuschrecken und Blattläuse von den Pflanzen, die am Ufer wachsen.

Ein Rauschen in der Luft, dann ein mehrstimmiges Krächzen weckt mich aus meinen Tagträumen. Drei Raben lassen sich auf dem Brückengeländer nieder.

„Du machst ja schöne Sachen!" Plötzlich steht er hinter mir, Meister Matthias. Er lacht und reicht mir die Hand. „Also brav liegenbleiben, mein Junge."

Ich winke ab: „Keine Sorge, mein Lieber, schon im eigenen Interesse werde ich die ärztlichen Anweisungen peinlich genau befolgen."

Er greift in seine rechte Jackentasche und wirft den Raben ein paar Walnüsse zu. „Die fressen mir noch die Haare vom Kopf. Sie hocken in den Bäumen und lauern, wann ich das Haus verlasse. Dann verfolgen sie mich, bis ich mich erbarme und sie füttere."

„Für meine Tintenproduktion brauche ich viele Nussschalen, bitte vergiss das nicht."

„Weiß ich doch." Sein Blick gleitet über Garten und Haus. „Und du sinnierst mal wieder vor dich hin?"

„Wieso? Was hat dir Doris erzählt?"

„Nicht viel. Sie hat nur berichtet, was passiert ist. Doch aus ihrem Bericht habe ich herausgehört, dass ihr euch Gedanken über eure Zukunft macht. Ist doch so, oder?"

Ich denke, dass Doris ihn beschworen hat, mir gut zuzureden und mich aufzuheitern. „Schon, schon, aber noch kann ich meine Familie ernähren und einen oder zwei Mitarbeiter bezahlen. Und Schulden habe ich auch nicht, wie du weißt."

„Wo drückt dann der Schuh?"

„Die moderne Chemie erobert alle gesellschaftlichen Bereiche. Auch die Farbenherstellung. Und gerade jetzt liege ich flach und kann nichts tun."

Onkel Matthias wirft den Kopf nach hinten. „Aha! Daher weht der Wind!" Er klopft mir auf die Schulter und sagt: „Das packst du, mein Junge. Je bunter die Welt wird, umso wichtiger werden Farben für uns alle und umso wichtiger wird deine Farbenmühle. Du musst nur aus den Veränderungen die richtigen Schlüsse ziehen, dann bist du bald wieder obenauf."

Und du hast die Weisheit auch nicht mit dem Löffel gefressen, hätte ich am liebsten gesagt, aber ich beherrsche mich und lenke das Gespräch auf ein anderes Thema: „Du bist heute ohne deine Hunde unterwegs?"

Er nickt. „Der Anbau an der Schule Himmelspforten wird um elf feierlich eingeweiht. Ich habe ihn geplant und ausgeführt. Nur Klassenräume, weil die Schule aus allen Nähten platzt."

„So piekfein wegen ein paar Klassenzimmern?" Er trägt einen zweiteiligen Anzug aus braun gestreiftem Wollstoff. Das Jackett ist einreihig, der Kragen ist schmal, hat breite Revers und an den Ärmelaufsätzen einen doppelreihigen Knopfbesatz. Über dem weißen Hemd sitzt eine

Weste in Altrosa, um den Hals eine breite Seidenschleife in derselben Farbe.

„Oberbürgermeister Breslau und meine Kollegen vom Stadtrat sind auch da. Sogar Generalmajor von dem Knesebeck von der Kommandantur will kommen."

„Hoppla! Feine Gesellschaft in kleiner Runde! Da würdest du in Räuberzivil in der Tat aus der Reihe tanzen."

Mein Onkel lacht: „Leider hat die Schule noch keine Aula. Sonst wären Schüler dabei."

„Verstehe! Und wann berichtest du mir, was du in Paris erlebt hast?"

„Heute Abend. Du wirst große Augen machen, mein Lieber."

Er verabschiedet sich. Die drei Raben fliegen ihm, Nüsse bettelnd, hinterdrein.

Ich kenne ihn schon lange, genauer gesagt, so lange ich denken kann. Onkel Matthias, in der ganzen Stadt nennt man ihn Meister Matthias, ist ein wahrer Könner seines Faches, ein begnadeter Architekt alter Schule und ein Lebenskünstler. Er war der beste und engste Freund meines verstorbenen Vaters. Sie saßen in der Schule nebeneinander, waren auch in ihrer Freizeit unzertrennlich und spielten meist in unserem Haus und in der Mühle, die mein Großvater erworben hat. Er ist mein

Taufpate, und ihm verdanke ich sehr viel, nicht zuletzt mein jetziges Leben.

Meister Matthias ist ein Tausendsassa. In seinem Architekturbüro werden die schönsten und besten Gebäude in und um Erfurt geplant und verwirklicht. Viele Aufträge nimmt er nicht an, obwohl er sie mit mehr Personal erfüllen könnte. Seit dreißig Jahren sitzt er im Stadtrat, aber das Amt des Stadtbaurats hat er schon zweimal abgelehnt, weil er nicht nur öffentliche Gebäude bauen und nach der Pfeife des Oberbürgermeisters tanzen, sondern eigene Bauprojekte frei gestalten will. Auch schätzt er seinen Lehrauftrag an der königlichen Kunst- und Bauhandwerksakademie über alles. Können und Erfahrung mit jungen Leuten teilen, das sei viel schöner und wichtiger als in Behörden herumsitzen, sagte er mal zu mir. Bäten jedoch Regierungspräsident von Kamptz oder Geheimer Baurat von Drewitz um seinen Rat, dann könne er nicht nein sagen und halse sich zusätzliche Arbeit auf.

Trotz der vielen Arbeit frönt er zwei Leidenschaften, solange ich ihn kenne. Er liebt Hunde über alles und hat immer zwei große, schwarze um sich, die er täglich ausführt. Und er beschäftigt sich von Kindesbeinen an mit Raben, denen er bestimmte Krächzlaute und besondere Kunststück-

18

chen beibringt. Als Kind hat er germanische Heldensagen gelesen und sich für Odin begeistert, den König der Götter in der nordischen Mythologie, den stets zwei Raben begleiteten. Sie waren der Sage nach Odins Augen und Ohren und halfen ihm, die Welt zu verstehen. Das war für den jungen Matthias Anlass, sich in die Welt der Rabenvögel zu vertiefen und viel über sie zu lesen. Fast zwangsläufig wurde er so zum Fachmann für diese Vogelart, weit über die Landesgrenzen hinaus. Säckeweise kauft er im Herbst Walnüsse, weiß er doch ganz genau, dass er nahezu jedes Verhalten, das diesen Vögeln möglich ist, durch Belohnung erkaufen kann.

Immer wenn ich ihn sehe, fällt mir sofort ein, dass ich in seiner Schuld bin und bleiben werde. Als ich am Boden lag, hat Meister Matthias mir aufgeholfen. Als ich mich nicht mehr heimwagte, hat er seinen guten Ruf, ja sogar seine Existenz für mich aufs Spiel gesetzt. Denn ich wusste nicht, wie ich meinen Eltern mitteilen könnte, dass ich noch lebte und mich in der Schweiz versteckt hielt. In der Not fiel mir mein Patenonkel ein, Meister Matthias.

Ich schrieb ihm einen langen Brief und gab als Absender meinen neuen Namen an: Hansruedi Stohler. Weil ich annahm, dass weder er noch meine Eltern wussten, was sich in Heidelberg abgespielt hatte und wo ich inzwischen lebte, schilderte ich die Umstände meiner Flucht.

Auf Bitten des badischen Großherzogs waren preußische Soldaten in Baden eingerückt. Man fürchtete sie in Heidelberg und nicht nur da. Als der Ruf „Die Preußen kommen!" durch die Stadt hallte, wirkte das genauso, wie wenn man gerufen hätte: „Die Hunnen kommen!" Wir von der Studentenlegion wussten, dass die Preußen kurzen Prozess machten. Entweder sie füsilierten sofort, oder sie stellten ihre Gefangenen vors Kriegsgericht und verurteilten sie zum Tode. Nachdem ein Freikorps beim nahegelegenen Waghäusel entscheidend geschlagen worden war, ergab sich Heidelberg kampflos den Soldaten.

Weil ich an verschiedenen Gefechten auf Seite der revolutionären Truppen teilgenommen hatte und gesucht wurde, halfen mir Beat und Urs, zwei Mitstudenten aus Zürich, bei der Flucht in die Schweiz. Bei Lörrach ruderten sie mich nachts über den Rhein und führten mich weiter nach Birsfelden in ein Gasthaus, nicht weit von Basel. Das Gasthaus zur Krone war bis unters Dach voll mit Flüchtlingen aus Deutschland. Der Wirt war Badener. Er ließ es zu, dass wir hier über den besten Weg zu einem demokratischen Vaterland stritten, von der Fortsetzung der Revolution träumten und Freiheitslieder sangen.

Die Nachrichten aus der Heimat waren jedoch sehr ernüchternd. Deshalb verließen die Flüchtlinge nach und nach ihr kleines Freiheitsnest. Als die preußische Regierung den Bundesrat der Schweiz ultimativ aufforderte, die militanten Hochverräter auszuliefern, wusste ich, was die Stunde geschlagen hatte.

Wieder standen mir Beat und Urs bei und marschierten mit mir, getarnt als Erntehelfer, ins Graubündner Land. Am dreizehnten Tag überquerten wir den Berninapass, und zwei Tage später kamen wir an den Poschiavino, einen Nebenfluss der Adda. Ihm folgten wir, bis wir hinter dem Dorf Poschiavo unser Ziel erreichten, die Farbenmühle von Adam Stohler, dem Onkel von Beat, einem liberal gesinnten Mann aus der Gegend von Basel. Beat redete nicht lange um den heißen Brei herum, sondern schenkte seinem Onkel reinen Wein ein.

So, so, ein protestantischer Theologiestudent, der in Deutschland für mehr Demokratie streitet, meinte der Onkel, das gefalle ihm. Und zu mir sagte er, ich könne bleiben, wenn ich ihm bei der Arbeit in der Mühle helfe. Auf meine Frage, wie er erklären wolle, wer ich sei und woher ich komme, blieb er gelassen. Ich sei Hansruedi Stohler, sein Neffe, der Sohn seiner Schwester aus Pratteln, werde er sagen.

Und so arbeitete ich Tag für Tag in der Farbenmühle und lernte mit der Zeit alles, was man fürs Farbenherstellen wissen und können muss. Wo man in der näheren und weiteren Umgebung farbige Steine und Erden findet. Wie man sie mit dem Steinschlegel zerkleinert und im Kollergang zermahlt. Wie man Pigmente aussiebt oder mit Lösungsmitteln auswäscht. Und wie man die Pigmente mit Bindemitteln zu Farben verarbeitet.

Schon bald war ich in der Gegend bis zum Poschiavino-Stausee bekannt wie ein bunter Hund. Niemand vermutete in mir einen polizeilich gesuchten Ausländer. Aber mein schlechtes Gewissen meldete sich immer heftiger. Wie es wohl meinen Eltern geht? Was sollte aus Vaters Ölmühle werden? Wie und wo leben meine beiden Schwestern?

Eines Nachts wachte ich auf und wusste sofort die Lösung: Über den Patenonkel könnte ich den Eltern einen Brief zukommen lassen.

So begann ein reger Briefwechsel, offiziell zwischen Hansruedi Stohler und Meister Matthias, in Wahrheit zwischen mir und meinem Vater. Wiederholt bat mich mein Vater inständig, bald heimzukommen. Seine Mühle habe ja, wie mir bekannt sei, zwei Mahlwerke, also könne ich mit dem einen, dem Kollergang, meine eigene Firma gründen.

Eines Tages sagte mir Farbenmüller Stohler, die Post habe nachgefragt, weshalb der Neffe so viele Briefe aus Erfurt bekomme. Das teilte ich sofort Onkel Matthias mit. Er setzte daraufhin alles auf eine Karte. Er besprach sich mit dem Oberbürgermeister und suchte dann den Generalmajor der preußischen Kommandantur in der Augustinerstraße auf. Beiden trug er meinen Fall vor. Er verschwieg nichts und bat um Gnade für mich. Sein allerbester Freund, mein Vater, leide darunter, dass der Sohn es nicht wage heimzukommen, weil er befürchte, sofort verhaftet zu werden. Als man ihn fragte, ob er für mich bürge, warf er seine ganze Autorität und sein ganzes Ansehen in die Waagschale und hinterlegte im Rathaus und in der Kommandantur eine notariell beglaubigte Bürgschaft. Er lege seine Hand ins Feuer, dass der junge Mann es noch weit bringen werde. Und so befreite er mich aus meinem Dilemma.

Gelb

Gelb ist eine zwiespältige Farbe. Mal wie die Sonne, das Licht und die Erleuchtung. Mal wie der Neid, der Geiz und der Egoismus. Je nachdem, wie man gestimmt ist und von welchem Gelbton man spricht. Goldgelb wirkt aufhellend und fröhlich, zitronengelb eher sauer und unangenehm. Gelb kann aufputschend wirken und nervöse Unruhe auslösen. Es kann aber auch Selbstvertrauen und Risikofreude steigern, Ängste hemmen und wohlige Gefühle erzeugen. Ist etwas nicht das Gelbe vom Ei, dann steht es nicht zum Besten damit. In China gilt Gelb als Farbe des Ruhms, der Weisheit, des Optimismus, der Lebensfreude und der Harmonie. Der gottgleiche Kaiser trug Gelb. Er war der Mittelpunkt der Welt. Also bildete Gelb die Mitte aller Farben und beherrschte zugleich alle anderen. Johann Wolfgang von Goethe schrieb, das Gelbe erfreue das Auge, dehne das Herz und erheitere das Gemüt.

Der Himmel ist strahlend blau, die Luft warm und klar wie schon lange nicht mehr. Zwei Enten landen hinterm Gebüsch auf dem Wasser, wo sie wohl gründeln und sich mit der Strömung treiben lassen.

Eigentlich ist mir im Schatten der Silberweide wohl. Glitzernde Blätter wiegen sich im Wind. Die goldgelben Weidenkätzchen duften nach Honig. Bienen summen in der Krone, und Schmetterlinge schaukeln von Blüte zu Blüte.

Mit Blick auf mein Haus und meine Mühle, die sich wie eine Archenbrücke über den Fluss spannt, liege ich mitten in meinem Paradies. Ich höre die Vögel zwitschern und rieche den Fluss. Eigentlich fühle ich mich leicht und unbeschwert, als plätschere das Wasser durch mich hindurch.

Doch kaum schließe ich die Augen, steigen Bilder in mir auf. Ich sehe mich im Zug sitzen und die vorüberziehende Landschaft bewundern. Die Mittagssonne beleuchtet gegenüberliegende Hänge und beschauliche Dörfer. Gelegentlich sieht man ein Ochsengespann, das einen eisenbeschlagenen Leiterwagen zieht, oder eine Kutsche mit offenem Verdeck. Nach über zwei Stunden bin ich da. Otto holt mich am Bahnhof ab.

Otto kenne ich schon lang. Wir haben zusammen Theologie in Heidelberg studiert. Im Gegensatz zu mir blieb er der Theologie treu und wurde Pfarrer im Großherzogtum Sachsen-Weimar-Eisenach, zuerst in der Nähe von Jena, vor fünf Jahren dann am Rand des Thüringer Schiefergebirges, direkt an der Grenze zum Herzogtum Sachsen-Altenburg. Mindestens einmal im Jahr kommt er hierher nach Erfurt und besucht seinen Vater, auch er ist Pastor. Und jedes Mal schaut Otto bei mir vorbei, oft mit seiner Frau.

Wir schlendern über einen Viadukt und spazieren bergan auf einem von Birken, Kiefern und Fichten gesäumten Waldweg und plaudern über früher und heute. Otto trägt, wie alle protestantischen Landpfarrer, schwarze Hosen, bei ihm an den Knien schon etwas abgeschabt, dazu gefettete Stiefel, denen man ansieht, dass sie ein Landschuster gefertigt hat, und eine graue, firnisgetränkte Joppe, die an den Ellbogen fadenscheinig wirkt. Unter dem alten Hut mit breitem Rand schauen graue Haare hervor.

Mit weit ausgreifenden Schritten stelzt er wie ein Storch neben mir her und erzählt aus seinem Alltag. Alle Sonntage predige er und halte Kinderlehre. Die Betstunde am Mittwochabend und den Kindergottesdienst am Freitag habe seine Frau übernommen. Die komme besser mit Kindern zurecht als er. Seit letztem Oktober gelte das neue Gesetz zum Personenstand, wonach ein Pfarrer nichts mehr beurkunden muss. Für Geburts-,

Heirats- und Sterbefälle sei jetzt das Standesamt der Gemeinde zuständig, sagt er. Blieben für ihn noch die Leichenreden, die Hochzeitspredigten und die Taufen, doch dafür müsse er wenig vorbereiten. Bei einer Leiche seien sowieso alle in Tränen aufgelöst, bei einer Trauung hätten viele Gäste eh schon einen in der Krone, weil vorher gebechert würde, und die Taufe bestehe nur aus Ritualen. Und schließlich habe er noch Religionsstunden in der Volksschule zu halten. Er verbringe also viel Zeit in seiner Studierstube und lese Fachbücher und Romane. Sein Steckenpferd sei die Heimatkunde. Er sammle Märchen und Legenden aus Thüringen. Und gelegentlich veröffentliche er Artikel über lokale Sagen.

Ich höre zu, frage gelegentlich nach und staune. Otto hat sich seit unserer gemeinsamen Studentenzeit doch sehr verändert. Immer wieder sehe ich ihn verwundert von der Seite an. Er ist fülliger und behäbiger geworden. Von dem Wirbelwind, der er einmal war, ist nicht mehr viel übrig, zumindest will es mir so scheinen.

Nach einer Dreiviertelstunde sind wir in einer einzigartigen Landschaft. Tief eingeschnittene Täler und steile Hänge, die dicht bewaldet sind. Wie versteinerte Meereswellen hingegen die waldarmen Hochflächen. Und dann dieser imposante

Blick auf schiefergedeckte Dörfer unter uns und berghohe Schieferhalden.

Wir kommen an eine Abbruchkante. Gegenüber glänzt ein mächtiger Steinbruch in der Sonne, links davor ist eine große Abraumhalde. Ich sehe unter mir etliche Männer, Wagen, Pferde. Drei Arbeiter beladen gerade einen Wagen.

„An vielen Stellen meiner neuen Heimat wird Schiefer abgebaut", erzählt Otto, „teils unterirdisch in Stollen, teils oberirdisch wie hier. Das da", er deutet hinüber zum Steinbruch, „ist ein harter, hochwertiger Schiefer für Hauswände und Dächer. Die schönsten Platten nehmen die Arbeiter nach Hause und fertigen daraus im Winter Schultafeln, denn in der kalten Jahreszeit ruht die Arbeit im Steinbruch. Ein paar Kilometer weiter westlich gibt es auch weichen Schiefer. Daraus werden Griffel für die Schulkinder gemacht."

„Und wo sind die farbigen Erden, von denen du mir in deinem letzten Brief berichtet hast?"

„Rechts unten, genau da, wo der Schiefer im Erdreich verschwindet und es gelb und rötlich schimmert. Siehst du es?"

Ich kneife die Augen zusammen, kann aber nichts Genaues erkennen. „Lass uns absteigen und die Stelle genauer betrachten", sage ich voller

Tatendrang, biege auf den schmalen Pfad ein, der ins Tal hinabführt und …

„Autsch!"

„Was ist …?"

„Ich bin über eine Wurzel gestolpert." Mit schmerzverzerrtem Gesicht liege ich am Boden.

Otto eilt herbei: „Komm, steh auf!" Er reicht mir beide Hände und will mir aufhelfen.

„Ich kann nicht …"

In Ottos Gesicht spiegelt sich Betroffenheit. „Au, das sieht nicht gut aus. Hast du arge Schmerzen?"

Sind es die Schmerzen? Ist es der Schreck? Wie auch immer, mir ist, als falle ich gleich in Ohnmacht …

Otto steckt vier Finger in den Mund. Ein gellender Pfiff, und die Arbeiter drunten im Tal schauen hoch.

Otto formt mit seinen Händen einen Trichter und schreit: „Hilfe!" Dann winkt er die Männer aufgeregt zu uns.

Wenig später keuchen sie den Pfad herauf.

„Was ist los, Herr Pfarrer?", fragt Franz, der Vorarbeiter. Er hält sich die Seite.

„Sieht so aus, als ob sich mein Freund etwas gebrochen hat. Du kennst dich doch damit aus." Otto berichtet, was er beobachtet hat.

Franz zieht behutsam mein rechtes Hosenbein hoch. „Also ein offener Bruch ist das nicht", stellt er fest. Er richtet sich auf und wendet sich an seine beiden Kollegen: „Wir müssen ihn zu Doktor Öhmichen bringen. Holt schnell einen Wagen."

Zu mir sagt er: „Sie dürfen keinesfalls Ihr Bein belasten. Bitte bleiben Sie ganz ruhig liegen, bis der Wagen da ist."

Ich beiße die Zähne zusammen. Minute um Minute verrinnt.

Franz sagt, ich hätte Glück im Unglück. Wenn etwas gebrochen sei, könne das wieder gut zusammenwachsen. Doktor Öhmichen sei zuvor an der Universitätsklinik Jena gewesen, wo er viel Erfahrung mit Knochenbrüchen gesammelt habe.

Endlich höre ich einen Wagen rumpeln und ein Pferd schnaufen.

Franz schient mein Bein notdürftig mit vier Stecken, dann hieven sie mich zu viert auf den Wagen, der mit Stroh ausgepolstert ist. Im Trab geht es zurück ins Städtchen.

Doktor Öhmichen, ein älterer Herr mit Kneifer, entfernt die Schienen, schneidet meine Hose auf, zieht mir behutsam Socke und Schuh aus und betastet vorsichtig das Bein.

„Glück gehabt, junger Mann. Das Schienbein ist gebrochen. Es liegt direkt unter der Haut. Kein

Knochensplitter ragt heraus. Ein einfacher, glatter Bruch. Den kann man mit Gips ruhigstellen."

Kopfschüttelnd lege ich mich auf der Behandlungsliege zurück und beiße die Zähne zusammen. Ich kann es nicht fassen. Ausgerechnet mir muss das passieren. Und ausgerechnet jetzt.

„Wie soll es nun weitergehen, Herr Doktor?"

„Wenn Sie vernünftig sind und das Bein nicht belasten, dann verheilt der Bruch in etwa acht Wochen." Er träufelt etwas aus einer braunen Flasche auf mein Bein, wartet, bis die Haut wieder trocken ist und streicht dann ganz behutsam eine gelbe Salbe darüber.

„Sie haben es selbst in der Hand, Herr Ledlein, ob Sie wieder gehen können oder lebenslang unter Gehproblemen leiden. Also seien Sie bitte vernünftig!"

Er feuchtet Mullbinden in einer Blechschüssel an, breitet den Verband auf dem Tisch aus, streut reichlich Gipspulver darüber und wickelt ihn um mein Bein.

Während der Gips abbindet, erzählt Öhmichen, man habe noch vor zwanzig Jahren nicht genau gewusst, wie man einen Bruch ruhigstellt. Jahrelang habe man in vielen Ländern experimentiert, bis ein holländischer Arzt schließlich die Gipsmethode entdeckte.

„Was machen Sie eigentlich beruflich, Herr Ledlein?"

Ich berichte, dass ich farbige Steine und Erden sammle und sie in meiner Farbenmühle zu Pigmenten verarbeite.

„Und was wollten Sie ausgerechnet hier bei uns?"

Otto berichtet, er kenne mich seit gemeinsamen Studientagen in Heidelberg. Er habe mir am Fuße eines Schieferbruchs eine Stelle zeigen wollen, wo gelbe und orangefarbene Knollen im grauen Mergel eingelagert sind, die möglicherweise zu Pigmenten verarbeitet werden könnten. Beim Abstieg zu der Fundstelle sei ich über eine Baumwurzel gestolpert.

Der Gipsverband wird hart. Doktor Öhmichen wäscht sich die Hände. „So, mein Lieber, meine Arbeit ist getan. Jetzt liegt es an Ihnen, wie es weitergeht."

Er überreicht mir eine braune Flasche: „Wenn Sie Schmerzen haben, dann trinken Sie Wein oder nehmen einen Esslöffel von meinem Sud aus schwarzem Bilsenkraut, gemeiner Alraune und Weidenrindensaft."

Franz, der vor dem Behandlungszimmer sitzt und wartet, wird hereingerufen. Zu dritt, Franz, Otto und Doktor Öhmichen, schaffen sie mich ins

Pfarrhaus und legen mich im Erdgeschoss auf eine Couch.

Ich blicke mich verwundert um. Offensichtlich haben sie mich in eine beeindruckende Bibliothek verfrachtet. Etwas beklommen betrachte ich die deckenhohen Regale. Buchrücken an Buchrücken auf drei Seiten des Raumes.

Mir schwant, dass hier zwei Welten aufeinanderprallen, Ottos literarischer Kosmos und mein von harter Arbeit geprägtes Leben.

Otto entstammt einer alten, privilegierten Pfarrerdynastie und wurde nahezu ausschließlich von Büchern geprägt.

Für mich hingegen, Sohn eines Erfurter Ölmüllers, blieb die Welt der Bücher lange Zeit verschlossen. Erst auf dem altehrwürdigen Ratsgymnasium kam ich mit Literatur und fremden Sprachen in Berührung. Doch seit fünfundzwanzig Jahren verdiene ich mein Geld mit Knochenarbeit. Fürs Lesen bleibt wenig Zeit.

Franz verabschiedet sich. Doktor Öhmichen prüft noch einmal den Gipsverband, dann reicht er mir eine Glasflasche mit Kappe obenauf: „Die könnte Ihnen wertvolle Dienste leisten, wenn Sie ein dringendes Bedürfnis plagt."

Ich nicke dankbar und zähle ihm den gewünschten Betrag auf die Hand.

Als der Doktor fort ist, holt Otto einen Löffel und flößt mir von dem Sud ein. Dann setzt er sich mir gegenüber in einen Sessel.

„Doktor Öhmichen hat gesagt, dass deine Schmerzen in ein paar Tagen verschwunden sind."

„Hat er dir auch verraten, wann ich heimfahren kann?"

Otto zieht eine Augenbraue hoch. „Jetzt freu dich doch, dass du so glimpflich davongekommen bist. Hätte genauso gut böse enden können."

Ich stimme ihm zu, auch wenn es mich vor den nächsten Tagen und Wochen graust. Wie soll es in meiner Mühle weitergehen? Der Farbenwelt steht eine Revolution bevor, und ich liege hier wie ein Maikäfer auf dem Rücken und kann nicht einmal mit den Beinen strampeln.

Seit einigen Jahren extrahiert man in einer Berliner Fabrik künstliche Farbstoffe aus Teer. In Höchst am Main ist eine zweite Teerfarbenfirma entstanden und kurz darauf in Ludwigshafen sogar eine dritte, die Badische Anilin- und Sodafabrik. Wer kauft jetzt noch teure Naturpigmente, mühsam aus Pflanzen, Erden und Steinen herausgefiltert? Und da soll es einem nicht angst und bang vor der Zukunft werden?

„Hörst du mich, Eckhart?"

Ich schrecke auf. „Was ist? ... Ach so! ... Ja, ...
ich muss Doris eine Depesche schicken, damit sie
weiß, was passiert ist."

Otto schüttelt unmerklich den Kopf. „Wann
wolltest du zuhause sein?"

„Frühestens übermorgen."

„Na also! Dann haben wir ja noch Zeit. Warten
wir ab, wie Doktor Öhmichen morgen Abend die
Lage beurteilt."

Ein Geräusch an der Haustür, schon steht Anna
im Zimmer und schaut sich mit weit aufgerissenen
Augen um. „Ja, was ist denn da passiert?"

Otto setzt seine Frau mit wenigen Sätzen ins
Bild. Sie gibt mir die Hand und sagt: „Willkommen, lieber Eckhart."

Sie legt Hut und Handschuhe ab, dann lacht sie
mich schelmisch an: „Meinetwegen musst du dich
mir nicht zu Füßen legen."

Sie sieht ihren Mann fragend an.

Otto zuckt die Achseln. „Ihm ist nicht zu helfen,
er denkt schon ans Heimfahren."

Sie sieht mich streng an: „Lieber Eckhart, es ist
nun mal, wie's ist. Machen wir das Beste daraus.
Mit Geduld und Spucke wird alles wieder gut."

Sie verabschiedet sich in die Küche und nimmt
Hut und Handschuhe mit.

Anna denkt immer pragmatisch und praktisch, so kenne ich sie seit vielen Jahren. Ihre beiden Kinder sind aus dem Haus. Die Tochter ist mit einem Vikar im Nachbarort verheiratet, der Sohn Assistenzarzt in Gotha.

„Anna hilft mir sehr bei der Gemeindearbeit", sagt Otto, „sie hält nicht nur Betstunden und Kindergottesdienste ab, sondern hat auch einen Mädchen- und Frauenkreis gegründet."

„Du hast's gut. Den ganzen Tag auf der faulen Haut liegen oder im Wald spazieren gehen. Pass auf, dass du kein fetter Kater wirst."

Otto lacht mich an. „Höre ich da ein gewisses Bedauern heraus?"

„Du meinst, weil ich nicht Pfarrer geworden bin wie du?"

Er zuckt die Schultern, macht ein fragendes Gesicht und schaut mich herausfordernd an.

„Da kann ich dich beruhigen. Ich bin gern Farbenmüller. Von außen betrachtet muss ich gewiss viel arbeiten. Aber tief drinnen bin ich mit mir im Reinen. Ich bin mein eigener Herr. Ich bin niemandem Rechenschaft schuldig. Ich kann meinen Tag gestalten wie ich will. Ich verdiene genug. Und ich habe eine sehr zufriedenstellende Arbeit, weil ich am Abend sehe, was ich den ganzen Tag geleistet habe."

„Du hast dich seit unserer Heidelberger Zeit stark verändert, lieber Eckhart."

„In wiefern?"

„Damals warst du aufbrausend, rauflustig …"

„Verzeih bitte, wenn ich dich unterbreche, aber wann und wo hast du mich rauflustig erlebt?"

„Als in Heidelberg die Studentenlegion gegründet wurde, warst du ganz vorn mit dabei. Und als die Odenwälder Bauern Stadt und Universität mit Sensen, Äxten und Heugabeln von Republikanern befreien wollten, bist du nicht gerade zimperlich mit den gefangengesetzten Bauern umgesprungen. Oder irre ich mich?"

„Vergiss es."

Otto sieht mich stirnrunzelnd an. „Heute ruhst du in dir, das spüre ich genau. Gewiss bereust du manches, was du dir in unserer Studentenzeit geleistet hast."

Natürlich ist mir längst bewusst, dass ich damals utopische Ideen vertrat. Wir von der Studentenlegion wollten Freiheit, Gleichheit und Brüderlichkeit für alle. Wir wollten einen neuen Menschen schaffen, der mit uns ein demokratisches Deutschland aufbaut, frei von Fürstenherrlichkeit und Unterdrückung. Selbst als preußische Soldaten auf uns schossen, wachten wir immer noch nicht auf.

Erst in der Schweiz erkannte ich unseren Fehler, meinen Fehler, denn dort war gerade in einer Volksabstimmung eine demokratische Verfassung beschlossen und ein einheitlicher Bundesstaat mit föderalistischem Aufbau aus Kantonen gegründet worden. In wenigen Monaten kamen viele Neuerungen hinzu: einheitliche Maße und Gewichte, Gründung der Schweizerischen Post mit landeseinheitlichen Briefmarken, Schweizer Franken als neue Währung mit Münzen und Banknoten, Anerkennung von Deutsch, Französisch und Italienisch als gleichberechtigte Landessprachen und Einrichtung der ersten Konsumvereine.

All das habe ich mit eigenen Augen gesehen und erlebt. Und ich habe in meinem Exil gelesen und gehört, dass König Friedrich Wilhelm IV. von Preußen die Deutsche Kaiserkrone brüsk zurückwies, die ihm eine Delegation des gewählten Deutschen Nationalparlaments antrug. Nun wusste ich, die große Mehrheit der Deutschen wollte keine Republik, allenfalls eine konstitutionelle Monarchie. Und ich ahnte, dass die Schweiz in politischer Hinsicht meinem Heimatland viele Jahrzehnte voraus sein würde. Aber ich hatte jetzt ein Muster, wie in Deutschland irgendwann eine Demokratie gelingen könnte.

„Schläfst du?"

Ich reibe mir die Augen.

Otto steht vor mir, eine Flasche Wein in der Hand. Er stellt sie auf dem Couchtisch ab, stopft mir zwei Kissen in den Rücken und legt ein Tablett auf meine Beine.

„Trinken wir einen Schluck auf den Schrecken." Er wartet meine Antwort nicht ab, gießt zwei Gläser voll und setzt eines vor mich hin.

„Zum Wohle, lieber Eckhart."

„Prosit", sage ich, „es möge nützen." Ich nehme einen Schluck. „Oh, der schmeckt gut. Was ist das für einer?"

„Ein Thüringer."

„Hier gibt's Wein?"

Otto lacht. „Seit bald tausend Jahren. Allein ums Kloster Pforta sind dreizehn Weinberge."

Anna ist zurück, beladen mit einem Tablett, darauf drei leckere Vesperteller. Den ersten stellt sie vor mich hin, die beiden anderen lädt sie auf dem Couchtisch ab.

Otto schenkt ihr Wein ein. Sie erhebt ihr Glas und sagt zu mir: „Iss und trink dich gesund. Schön, dass du da bist. Wenn ich mich nicht irre, beehrst du uns zum ersten Mal, wenn auch nur liegend."

Und Otto ergänzt: „Martin Luther hat gesagt: Unser Herrgott gönnet uns gern, dass wir essen, trinken und fröhlich sind. Prosit, liebe Anna! Prosit, lieber Eckhart."

Und so gönnen wir uns Radieschen, Frühlingszwiebeln, Kohlrabi, dazu Käse, Schinken und knuspriges Schwarzbrot mit Butter. Anna hat für mich alles portioniert. So kann ich bequem mit der Gabel essen.

Wir essen und trinken und plaudern über Gott und die Welt, über Doris und unsere Kinder, über meine Mühle und die Welt der Farben.

„Gelb ist die Butter und der Honig", sage ich, „gelb ist das Ei und der Käse, der Weizen und die Zitrone. Das Schöne, Heilige und Göttliche ist gelb. Und gelb ist die Farbe des Lichts, der Wärme und der Gestaltungskraft."

Anna lacht, sie lacht gern. „Du bist ja ein richtiger Philosoph geworden, lieber Eckhart, so kenne ich dich gar nicht."

„Wenn die Hände viel arbeiten müssen, wie das bei mir der Fall ist, steht der Kopf nicht still. Dann kommen einem die besten Gedanken."

Er gehe spazieren, wenn er nachdenken möchte, sagt Otto. Und Anna meint, die besten Ideen fielen ihr beim Backen ein.

„Genug, mein Freund! Jetzt ist Ruhe angesagt." Otto sagt es nach einiger Zeit mit erhobener Hand, als wolle er jede Widerrede erschlagen. „Ich kenn dich doch, immer wenn du in Fahrt kommst, neigst du dazu, mit Bibelzitaten und lateinischen Sprüchen um dich zu schmeißen."

Er stellt einen kleinen Tisch neben die Couch, darauf einen Kerzenständer samt neuer Kerze und eine Schachtel Streichhölzer.

Anna geht hinaus und kommt mit einem Krug frischen Wassers und einem Glas wieder.

„Schlaf gut!" Otto hat schon die Türklinke in der Hand. „Und wenn du was brauchst, dann ruf bitte laut, wir schlafen nebenan."

Oliv

Die Farbe Oliv, benannt nach der Frucht des Oli-venbaums, entsteht aus Grün und Rot. Das Misch-verhältnis ist entscheidend. Überwiegt Grün, ent-stehen erdige Olivtöne, mal heller, mal dunkler, je nachdem, welches grüne Pigment man verwendet und wie viel davon. Man spricht dann von Oliv-grün. Ungefähr gleich viel Grün und Magenta ergibt ein neutrales Braun. Nimmt man mehr Rot als Grün, ergibt sich ein rötliches Braun. Oliv steht für Leidenschaft und Energie und gilt als Sinnbild für Leben, Erneuerung und Harmonie. Viele Pflanzen enthalten Chlorophyll, das Grün der Natur. Im Herbst zerfällt der grüne Farbstoff in den Blättern; sie färben sich gelb, rot, oliv und braun. Oliv ist in der Mode eine typische Herbst- und Winterfarbe und beim Militär eine beliebte Tarnfarbe.

Am nächsten Morgen ist Otto nicht da. Er habe dringende Termine, sagt Anna, als sie mir das Frühstück serviert.

Bevor auch sie das Haus verlässt, um Besorgun-gen zu machen, holt sie drei Bücher aus den

Regalen. Obenauf legt sie den Roman *Die Geier-Wally* von Hermine von Hillern.

„Das, lieber Eckhart, musst du unbedingt lesen", sagt sie lächelnd. „Der Roman beruht auf einer wahren Begebenheit. Die junge Walburga lebt mit ihrem Vater im Ötztal. Sie hat die Courage, sich einen jungen Geier aus einer senkrechten Felswand zu holen. Von da an wird sie scheel angesehen, und die Männer stellen ihr nach. Sehr unterhaltsam. Aber lies selbst."

Ich folge ihrer Empfehlung und vertiefe mich in den Roman. Er handelt von einer jungen Frau, die sich vor nichts fürchtet und sich niemandem beugt. Sie verkriecht sich im hintersten Winkel der Berge.

Auch ich habe mich zehn Jahre lang in den entlegensten Regionen der Schweiz versteckt. Will Anna mir einen Spiegel vorhalten? Bin ich wirklich so unbeugsam und aufbrausend gewesen?

Bevor ich eine Antwort weiß, ist Otto zurück, ruhig und heiter, wie fast immer. Als er sieht, was ich lese, lacht er: „Ich sehe schon, Anna hat dir ihren Lieblingsschmöker aufgeschwatzt."

„Na ja, ich kann gut verstehen, was Frauen an dem Buch reizt. Immerhin greift der Roman ein aktuelles Thema auf."

„Welches?"

„Die Frauenrechte."

„Gut, nicht alle Frauen heiraten, und die wenigsten können es sich leisten, die Hände in den Schoß zu legen und Müßiggang zu pflegen. Aber muss es deshalb gleich in Gleichberechtigung ausarten?"

Ausarten? Er hat tatsächlich ausarten gesagt. Ihm passt offensichtlich die ganze Richtung nicht. Behutsam halte ich dagegen: „Vergiss bitte nicht, lieber Otto, dass sich nicht nur Männer in der Revolution von 1848 engagiert haben, sondern auch viele Frauen. Nicht wenige wanderten ins Gefängnis, andere flüchteten ins Exil, wie ich auch. Darum wollen sie sich nicht länger den Mund verbieten lassen. Kannst du das nicht verstehen?"

Otto winkt ab. Was Anna wohl dazu sagen würde?

Ich will keinen Streit heraufbeschwören, also lege ich das Buch beiseite und schweige.

Otto beeilt sich, das Thema zu wechseln. „Ich habe ein Formular für deine Depesche besorgt. Wenn Doktor Öhmichen grünes Licht gibt, füllst du es aus, und ich bringe es morgen zur Telegrafenstation."

„Ihr habt hier eine Telegrafenstation?"

Statt einer Antwort geht er hinaus und kommt wenig später mit einer Zeitschrift wieder.

„Unsere Telegrafistin versucht sich in ihrer Freizeit als Dichterin und Schriftstellerin. In der neuesten Ausgabe der *Gartenlaube* hat sie folgendes veröffentlicht." Er blättert und liest vor: „Die Telegraphenaspirantin ist ein als fähig erkanntes, vom Herrn Obertelegraphisten kommandiertes, mitunter etwas affektiertes, anfangs beim Lernen sich quälendes, Striche und Punkte zählendes, endlich Examen bestehendes Individuum."

Otto schlägt sich vor Vergnügen auf die Schenkel: „Das ist unser Fräulein Telegraphenaspirantin."

Auch ich kann mir ein Lachen nicht verkneifen. „Meine Rede, mein lieber Pastor, die Frauen sind auf dem Vormarsch! Sie erobern alle Berufe. Zuerst durften sie bloß Arbeiterin oder Verkäuferin werden, dann Kindergärtnerin oder Lehrerin. Und jetzt sind sie sogar schon Telegraphistinnen. Du wirst dich daran gewöhnen müssen."

Nach Mittagessen und Mittagsschläfchen lese ich den angefangenen Roman zu Ende. Gegen fünf kommt Doktor Öhmichen. Er betastet meinen Fuß, mein Knie und meinen Oberschenkel. „Sehr schön, offensichtlich keine Durchblutungsstörungen", sagte er. „Drückt der Gips?" Und als ich das verneine, meint er: „In etwa vier Wochen können

Sie sich einen Gehgips fertigen lassen, den sie aber weitere vier Wochen erdulden müssen."

„Und wann kann ich heimfahren?"

„Liegend in ein paar Tagen. Ansonsten müssen Sie auf den Gehgips warten."

Ich entlohne ihn, und Otto begleitet ihn vor die Haustür.

„Du hast's ja selbst gehört", sage ich, als er wiederkommt. „In fünf Tagen fahre ich heim."

„Liegend hat Öhmichen gesagt, also nicht mit dem Zug."

„Weiß ich."

„Wie dann?"

„Ich überleg's mir bis morgen."

Das Formular ist rasch ausgefüllt: *Bein gebrochen – keine Komplikationen – bin in ein paar Tagen wieder da – mach dir bitte keine Sorgen – Eckhart.*

Es klopft an der Haustür. Franz, der Vorarbeiter vom Schieferbruch, bringt einen Eimer mit gelben und orangeroten Mergelknollen. „Mit einem Gruß von meinem Chef", sagt er.

„Otto, kennst du seinen Chef?"

Mein Freund nickt. „Herr Kaufmann ist ein großer Förderer unserer Kirche."

„Wozu brauchen Sie die Steine?", will Franz wissen.

„In den Steinen hat sich so etwas wie verrostetes Eisen angereichert. Schlämmt man das aus und trocknet es, bleibt ein Farbpigment übrig. Brennt man die Steine, kann man den Farbton der Pigmente verändern."

„Und davon können Sie leben?"

„Gut sogar!"

„Und wer kauft sowas?"

Ich kann mir das Lachen kaum verkneifen: „Alle, die Farben brauchen. Kunstmaler, Anstreicher, Maler und Lackierer, Kinder in der Schule, Restauratoren und noch viele andere."

„Du meine Güte!" Franz kratzt sich am Kopf. „Dann müssen Sie sich wohl keine Sorgen um Ihre Zukunft machen."

„Dem Farbengewerbe gehört die Zukunft. Wussten Sie das nicht?"

Franz schüttelt den Kopf: „Das würde ich gern mal sehen, wie man aus Steinen Farben macht."

„Sie sind eingeladen. Sie müssen mich nur in Erfurt besuchen."

Er sieht mich nachdenklich und fragend zugleich an.

Ich gebe ihm eine Mark. Er strahlt und fragt: „Wollen Sie noch mehr von dem Zeug?"

„Wie viel gibt's denn in Ihrem Steinbruch?"

„Genug, und wenn man gräbt, vermutlich noch mehr."

„Und was sagt Herr Kaufmann dazu?"

„Ich glaube, er würde Ihnen gern das Zeug verkaufen."

Otto mischt sich ein. „Heute Abend treffe ich ihn in der Kirche. Ich werde ihn fragen."

Magenta

Magenta ist ein blaustichiges Rot. Maler bezeichnen es oft als hellen Purpur. Das erste künstliche Pigment (auch als Teer- oder Anilinfarbe bezeichnet), war Mauvine (Malve), das zweite Fuchsin (Fuchsie). 1859, nach dem französisch-italienischen Sieg über die Österreicher bei Magenta in Italien, wurde Fuchsin in Magenta umbenannt. Abweichende Farbtöne sind Lila (Flieder), Pink (Nelke), Rosa (Rose) und Purpur, inzwischen allesamt künstlich hergestellt und Spielarten der Spektralfarbe Violett (französ. ‚violet‘: Veilchen). Die impressionistischen Maler begeisterten sich für diesen neuen, synthetischen Farbton, ist Magenta doch hell, intensiv, und kontrastiert stark zu seiner Umgebung. Es strahlt Leidenschaft, Kraft und Energie aus und vermittelt ein Gefühl von Modernität und Dynamik. Die Modemacher mögen diese auffällige Farbe, erregt sie doch viel Aufmerksamkeit.

Doris stellt mir eine Tasse Schwarztee und einen Teller mit zwei Scheiben dunklen Bauernbrots mit Leberwurst hin. „Lass dir's schmecken!"

„Danke!" Sie verwöhnt mich. Ich mag Leberwurst über alles, vor allem, wenn auf so herrlich knusprigem Brot.

Doris setzt sich an den Rand der Chaiselongue, hält meine Hand und sieht mich lächelnd an. „Schön, dass du wieder zuhause bist."

Ich spüre, dass sie sich große Sorgen macht. In ihrem Gesicht lese ich Freude über mein Heimkommen, aber auch Furcht und Fassungslosigkeit. Ihr ist bange vor der Zukunft. Sie wirkt irgendwie verzagt und doch zugleich entschlossen. Bezweifelt sie, dass ich wieder auf die Beine komme?

„Ich werde nachher Doktor Axmann aufsuchen."

„Wer ist denn das?"

„Er ist Sanitätsrat am städtischen Klinikum und praktischer Arzt für Orthopädie."

„Und was willst du von ihm?"

„Ich werde ihn um einen Hausbesuch bitten."

Ich muss wohl ein unwirsches Gesicht gemacht haben, denn sie verteidigt sich sofort: „Wenn du einen Gehgips haben willst, brauchst du ihn sowieso."

„Bis dahin fließt noch viel Wasser die Gera hinunter."

„Bist du sicher, dass bis dahin medizinisch alles in bester Ordnung bleibt?"

„Was willst du damit andeuten?"

„Ich möchte, dass er sich regelmäßig von deinem Wohlbefinden und der Heilung des Bruchs überzeugt."

„Das hat doch Zeit."

„Eben nicht. Immer wieder hört man, dass Knochen falsch zusammenwachsen."

„Ich lasse mich nicht verrückt machen."

Sie zieht eine Schnute. „Und wir überlassen nichts dem Zufall. Darum gehe ich noch heute zu Doktor Axmann."

Ich kenne meine Doris in- und auswendig. Immer wenn sie *wir* sagt, ist das für sie eine beschlossene Sache, an der nicht mehr gerüttelt werden darf.

„Der Klügere gibt nach." Ich grinse sie an. „Grüße ihn schön von mir."

„Wen?"

„Deinen Knochendoktor."

Sie braust auf: „Es ist nicht mein Doktor!"

Ich besänftige sie sofort mit einer Geste. „Schön, schaffe mir bitte den Doktor herbei."

Doris beugt sich über mein eingegipstes Bein. „Tut's bestimmt nicht mehr weh?"

„Jetzt schau nicht so finster drein."

„Ich schau nicht finster drein!"

„Doch, du machst ein Gesicht wie drei Tage Regenwetter."

Sie sieht bekümmert zur Mühle hinüber, seufzt und fragt dann: „Du liest nicht?"

„Ich genieße die frische Luft und den strahlenden Sonnenschein."

Sie wirft mir einen prüfenden Blick zu. „Wirklich?"

„Bloß faul herumliegen ist nichts für mich."

„Belastet dich das?"

„Du weißt doch, dass viel Arbeit liegenbleibt."

Sie runzelt die Stirn und schaut mich fragend und zugleich betrübt an.

„Keine Angst, ich stehe nicht auf. Versprochen ist versprochen."

Sie seufzt, sie sorgt sich. Ich seh's ihr an. „Vielleicht kommt Franz demnächst zu uns", versuche ich, sie aufzumuntern. „Der kann anpacken. Gefallen hat's ihm jedenfalls bei uns."

Sie sitzt ein Weilchen in sich gekehrt da, als ob sie einen Gedanken verarbeiten muss. „Wie heißt der Inhaber des Schieferbruchs?"

„Kaufmann."

Doris steht auf und sagt im Weggehen: „Ich bin bald wieder da." Und streng setzt sie hinzu: „Und du bleibst liegen!"

„Bevor du weggehst, bring mir bitte einen Notizblock und einen Bleistift."

Seufzend nehme ich das Buch zur Hand, das mir Doris heute Morgen auf den Hocker gelegt hat. Der Roman werde überall empfohlen, sagte sie, in der Zeitung, in den Journalen, in ihrem Lesezirkel. Jules Vernes Roman erzähle eine abenteuerliche Geschichte und sei zugleich eine angenehme naturwissenschaftliche Lektüre. Verne beschreibe Erstaunliches aus Erd- und Weltraumkunde, und das sehr spannend.

Das Titelblatt des Buches lautet *Von der Erde zum Mond. Direkte Fahrt in 97 Stunden und 30 Minuten.* Großspurig, denke ich und blättere das Buch durch. Es enthält einige Illustrationen. Gleich die erste, noch vor dem eigentlichen Text, zeigt eine riesige Abschussrampe, auf der eine Rakete gelbglühend in den Himmel steigt. Das erste Kapitel mit der Überschrift *Der Kanonenclub* beginnt recht merkwürdig: ‚Während des amerikanischen Bürgerkriegs wurde in Baltimore, im US-Bundesstaat Maryland, ein sehr einflussreicher neuer Club gegründet. Es ist bekannt, welchen starken Sinn die Amerikaner, ein Volk von Reedern, Händlern und Ingenieuren, fürs Militärische entwickelt haben und mit welcher Tatkraft …‘

„Du schläfst ja!" Doris steht vor mir, lächelt und rückt ihren Hut zurecht.

Dass diese Hüte immer so groß wie Wagenräder sein müssen. Und dann das viele Obst, die Blumen und der ganze Tüll obendrauf. Das sind doch keine Kopfbedeckungen, sondern eher Ausdruck von Imponiergehabe.

„Bist du wenigstens bis zu der Stelle gekommen, wo die drei späteren Astronauten berichten, dass sie ein Projektil mit einer gewaltigen Kanone auf den Mond schießen wollen?"

„Gleich auf der ersten Seite muss ich wohl eingeschlafen sein."

„Mach dir nichts draus." Sie grinst mich spitzbübisch an: „Rate mal, wo ich gewesen bin."

„Du hast dir einen neuen Hut gekauft."

„Quatsch! Der ist schon uralt."

„Uralt? Vor oder nach Christus?" Ich muss mir ein Grinsen verbeißen. „Oder womöglich aus der Steinzeit?"

„Ich war auf der Post", sagt sie resolut.

„Was hast du dort gemacht? Ich denke, du wolltest zu Doktor Axmann."

„Ich habe Herrn Kaufmann eine Depesche geschickt."

„Was hast du?"

„Ich habe Herrn Kaufmann depeschiert, er möge Franz erlauben, nächste Woche bei uns anzufangen."

Mir muss wohl der Kiefer heruntergefallen sein, denn sie fügt schelmisch an: „Übrigens habe ich die Depesche mit deinem Namen unterzeichnet."

Ich will etwas erwidern, doch sie gebietet mir mit einer energischen Geste zu schweigen. „Eine Brieftaube konnte ich ihm ja wohl nicht schicken. Wer weiß, ob sie den Weg gefunden hätte." Sagt's und verschwindet im Haus.

Ich schaue ihr sprachlos hinterdrein. Doch wenig später kommt sie mit einem Teller voller Schweizer Nusstaler zurück. Seit ich in der Schweiz gelebt habe, ist das mein absolutes Lieblingsgebäck.

„Hab ich heute früh extra für dich gebacken." Sie setzt sich wieder zu mir auf die Chaiselongue. „Weißt du", sagt sie und schmunzelt, „ich kenn dich doch. Dass du nicht arbeiten kannst, lässt dir keine Ruhe. Dabei musst du noch ein paar Wochen liegen bleiben und kannst es nicht ändern. Und Franz will zu uns. Ich habe doch gesehen, wie er gestrahlt hat, als Albert ihm die Mühle und seine Arbeit gezeigt hat."

Ich muss zugeben, dass sie recht hat. Auch mir wäre sehr geholfen, wenn Franz bald käme.

„Übrigens", sagt sie, „Doktor Axmann ist sehr nett. Er kommt schon heute Nachmittag."

Gold

Die Sonne ist gelb, sagt man, aber das ist nicht ganz richtig. In Wahrheit ist sie goldfarben. Auch die Fahne der deutschen Revolution ist nicht gelb, sondern schwarz-rot-gold. Und die Flagge des Papstes und des gesamten Vatikans ist nicht gelb und weiß, sondern golden und silbern. Gold ist die Farbe des Reichtums; sie steht für Pracht, Luxus und Angeberei. Gold ist Geld und damit auch Macht und Erfolg. Kinder reicher Leute werden mit einem goldenen Löffel im Mund geboren. Ein strahlender Tenor hat Gold in der Kehle, ein erfolgreicher Geschäftsmann ein goldenes Händchen. Einen begnadeten Fußballer ehrt man mit dem goldenen Schuh. Das Göttliche wird gemäß kirchlicher Symbolik vergoldet. Folglich malte man im Mittelalter christliche Motive auf Goldgrund, symbolisierte der doch das überirdische, göttliche Licht. Die Ikonenmaler der griechischen und russischen Kirche machen das bis heute so.

Gerade will ich mir einen Nusstaler in den Mund schieben, da steht er neben mir.

Ich bin baff und stammle: „Wo kommst du denn her?"

„Ich habe Doris in der Stadt getroffen. Sie hat mir gesagt, dass du dir das Bein gebrochen hast und die Flügel hängen lässt. Eine kleine Aufmunterung tät dir gut, hat sie gemeint."

„Dank dir, Ernst." Ich schaue mich um und sehe Albert an einem offenen Fenster der Mühle stehen. „Einen Stuhl, bitte!", rufe ich ihm zu.

Das meiste, was man in der Schule lernt, vergisst man. Aber die Typen, mit denen man die Schulbank gedrückt hat, die vergisst man nie. Die Erinnerung bleibt frisch wie am ersten Tag. Mitschüler ist man lebenslänglich.

Albert bringt einen Stuhl, und Ernst setzt sich neben mich. Er trägt ein weißes Hemd mit Schlips und Kragen, wie aus dem Ei gepellt.

Schlips und Kragen trug Ernst schon in der ersten Klasse. Er saß jahrelang neben mir in der unbequemen Schulbank, teilnahmslos, eher wie ein Gast, den der ganze Betrieb eigentlich nichts angeht. Er meldete sich nie. Mussten wir vaterländische Lieder singen, blieb er stumm. Die Lehrer tolerierten das, weil sie seinen Vater verehrten und zugleich fürchteten. Ernst konnte in der Schule nichts passieren, da war er sich seiner Sache sicher. Die Tatzen kriegte immer ich, nie er. Durch stoisches Zuwarten und beharrliches Schweigen hangelte er sich bis zum Abitur durch. Ich in seinem Fahrwasser auch.

Ernst, jüngster Sohn eines einflussreichen Bankiers und Mäzens, verschlief mit mir viele Stunden im Ratsgymnasium, das vor über dreihundert Jahren im Augustinerkloster gegründet worden war, genau dort, wo Martin Luther nach seinem Studium als Mönch gelebt hatte, bevor er in Wittenberg berühmt wurde. In dem Jahr, in dem Ernst und ich erstmals die heiligen Hallen dieser Schule betraten, wurde sie in Königliches Gymnasium Erfurt umbenannt, auf Grundlage des Humboldtschen Bildungskonzepts zur sechsklassigen, neuhumanistischen Bildungsanstalt umgemodelt und in ein Gebäude in der Eichengasse verlegt.

In den oberen Klassen hatten wir sogar Turnunterricht. Zwei und zwei mussten wir, von Passanten mit spöttischen Blicken bedacht, im Gleichschritt vor das Schmidtstedter Tor marschieren. Ernst, wie immer mit Schlips und Kragen, trottete stumm neben mir her. Kaum angekommen, hatten wir volkstümliche Übungen zu absolvieren: Laufen, Werfen, Weitspringen, Hochspringen, Ringen, Gewichtheben und das von mir gehasste Tauziehen. Sogar einen Klassenwettbewerb veranstaltete unser Lehrer. Sieger war, wer die meisten

Punkte aus allen Übungen erreichte. Im Gewichtheben waren Ernst und ich Nieten, dafür die Schnellsten, wenn die Schule aus war oder Ferien begannen. Dann sausten wir wie die geölten Blitze aus dem Gebäude.

Wenn ich an den Sprachunterricht denke, bekomme ich heute noch Schweißausbrüche. Erste Fremdsprache war Latein, zweite Französisch, dritte Altgriechisch und vierte Hebräisch. Hebräisch hatten nur die Schüler, die anschließend Theologie studierten.

Ich tat mich schwer mit den Fremdsprachen, denn weder mein Vater noch meine Mutter beherrschten sie. Bei Wortschatzübungen und Übersetzungen konnten sie mir nicht helfen. Doch Vater, der gern den Gottesdienst in der Predigerkirche besuchte, in der Meister Eckhart, der weltberühmte Mystiker, schon vor sechshundertfünfzig Jahren auf Deutsch gepredigt hatte, wäre gern Pfarrer geworden und wollte partout, dass ich seinen unerfüllten Traum verwirkliche.

Glücklicherweise hatte Ernst zwei Brüder, Ferdinand und Agathon, vierzehn und zwölf Jahre älter als Ernst. Auch sie hatten das Ratsgymnasium absolviert. Beide waren exzellente Altphilologen und mühten sich mit Ernst und mir redlich ab, bis auch wir das Gymnasium erfolgreich durchlaufen hatten. Während ich nach Heidelberg ging und Theologie studierte, begann Ernst eine Lehre bei der hiesigen Gärtnerei Haage, vertiefte und vervollständigte sein botanisches Wissen und gärtnerisches Können in Frankfurt am Main, in Metz, Paris und London und gründete hier in Erfurt eine Handelsgärtnerei für Blumenzwiebeln, Blumen- und Gemüsesamen. Jetzt ist er einer der reichsten Männer der Stadt und ein international bekannter Saatgutlieferant.

Doris eilt mit einem Tablett herbei und stellt zwei Tassen Tee und noch mehr Nusstaler auf den Hocker. „Danke, Ernst, dass du gekommen bist. Das rechne ich dir hoch an, denn du hast gewiss sehr viel zu tun."

„Amicus certus in re incerta cernitur, haben wir bei Cicero gelernt, stimmt's Ernst?"

„Was heißt das bitte?" Doris ist irritiert.

„Den wahren Freund erkennt man in unsicheren Zeiten", sagt Ernst und lacht. Und dann: „Wenn du, liebe Doris, mich so schön bittest, kann ich gar nicht anders. Ich lasse doch meinen alten Freund Eckhart nicht im Stich. Da wäre ja unsere ganze Lateinschinderei umsonst gewesen."

Er zieht zwei Tütchen Blumensamen aus seiner Jackentasche und überreicht sie Doris mit einer servilen Handbewegung bis zu den Gänseblümchen: „Ein Blumengruß für dich, schöne Frau. Kannst du gleich im Garten aussähen."

Doris freut sich, dankt und lässt uns allein.

Es ist schon ein lieb gewordenes Ritual zwischen Ernst und mir, dass wir uns irgendwelche lateinischen Wörter abfragen, wenn wir uns sehen.

„Weißt du eigentlich noch, wie Hocker auf Lateinisch heißt?"

Ernst denkt kurz nach, dann schüttelt er den Kopf. „Ich weiß bloß noch, wie der Tisch heißt: mensa."

Ich dekliniere, es klingt wie ein heruntergeleiertes Gedicht: „Mensa, mensae, mensae, mensam, mensa."

„Setzen, Ledlein, vorzüglich!", sagt Ernst und grinst. Er sieht das Buch von Jules Vernes auf dem Hocker liegen – „Ich hab's schon gelesen!" – und deutet auf den Roman. „Glaubst du, dass das irgendwann mal wahr wird?"

„Warum nicht?! Wer hätte noch vor zwanzig Jahren geglaubt, dass es einmal eine Maschine gibt, die Menschen in höhere Stockwerke transportieren kann? Und dann hat ein findiger Kopf vor ein paar Jahren einen Fahrstuhl in ein New Yorker Kaufhaus eingebaut. Sogar absturzsicher soll die Auf- und Abfahrt sein."

„Das gefällt mir, lieber Eckhart. Ein Selbstständiger wie du wirft nicht so schnell die Flinte ins Korn. Dem Optimisten gehört die Zukunft, nie dem Pessimisten."

„Schon, schon, aber jetzt liege ich bloß herum und kann nichts tun. Das macht mich wahnsinnig."

„Warum denn?" Ernst runzelt die Stirn. „Du bist doch zuhause. Du kriegst mit, was in deiner Firma los ist. Und du kannst Doris und deinem Mitarbeiter sagen, was zu tun ist. Wo ist das Problem?"

„Leichter gesagt als getan ..."

Er schneidet mir mit einer energischen Geste das Wort ab: „Du kannst jederzeit neues Personal einstellen. Du arbeitest sowieso zu viel, weil du alles selber machen willst. Hättest du mehr Mitarbeiter, bekämst du den Kopf frei und hättest Zeit, darüber nachzudenken, wie du deine Firma weiterentwickeln könntest."

„Du hast gut reden ..."

Ernst fällt mir erneut ins Wort: „Was glaubst du, wieso mein Betrieb so schnell gewachsen ist?" Er macht eine kleine Kunstpause. „Ich lasse Leute für mich arbeiten und konzentriere mich auf das Wesentliche."

„Das sagst du mir ausgerechnet jetzt?"

„Wann denn sonst? Wärst du nicht ans Bett gefesselt, würdest du mir gar nicht zuhören. Begreife deine Auszeit als Chance. Denk drüber nach, was du besser machen kannst."

„Du hältst mich wohl für einen Versager."

„Quatsch!" Ernst wirkt leicht angesäuert.

Ich weiß wohl, dass meinem alten Freund nichts in den Schoß gefallen ist. Er hat seine Firma nur ein paar Jahre vor meiner Farbenmühle gegründet. Er hat am Nullpunkt angefangen und sich alles selbst erarbeitet. Ich hingegen habe mich ins gemachte Nest gesetzt, denn mein Vater hat mir die Hälfte seiner Ölmühle überlassen.

Ernst seufzt. „Ich will dir doch helfen, kapier das endlich. Audaces fortuna adiuvat – den Tapferen hilft das Glück. Hat uns das nicht der Dolor in der Schule eingepaukt?"

Morgens in der Schule zeigte sich Ernst gelangweilt und antriebslos. Er sammelte Kraft für die unterrichtsfreien Nachmittage. Denn dann war er fidel und zielstrebig. Er handelte mit allerlei Bildchen, Taschenmessern, Murmeln und jenen Dingen, die Bubenherzen höherschlagen lassen. Offensichtlich lag ihm das Kaufmännische im Blut. So gelang es ihm auch, in wenigen Jahren eine erfolgreiche Firma aufzubauen und Erfurt zur Blumenstadt zu machen.

Weil ich schweige, legt er nach: „Im Handel kannst du zehnmal mehr verdienen als mit deiner Hände Arbeit. Das habe ich dir schon oft gesagt."

„Und womit soll ich handeln, bitte schön?"

„Die Farben, die du ohne großen Aufwand selbst herstellen kannst, die würde ich weiterhin produzieren. Aber alles andere würde ich zukaufen. Kaufen und weiterverkaufen."

„Und davon kann man leben?"

Ernst lacht. „Nur den kleinsten Teil meiner Blumenzwiebeln und meines Saatguts züchte ich selbst. Ich habe mit über hundert Gärtnereien Verträge abgeschlossen. Alle arbeiten für mich und liefern mir, was ich in die ganze Welt versende. Nur auf mich gestellt, hätte ich doch in fünfundzwanzig Jahren keine solche Firma aufbauen können. Wie ich schon sagte, wird im Handel das große Geld verdient." Er fährt mit dem Zeigefinger der rechten Hand seinen linken Arm entlang, vom Ellbogen bis zu den Fingerspitzen und sagt: „Lieber so handeln …", dann zeigt er mir den kleinen Finger, „… als so viel arbeiten. Merk dir das!"

„Und ich soll's auch so machen, meinst du?"

„Die Pigmente, die du nicht selbst herstellen kannst, kauf bei anderen Farbmühlen ein. Und komplettiere dein Angebot an Artikeln für den Malerbedarf. Damit wärst du in ganz Thüringen und weit darüber hinaus mit einem Schlag bekannt."

„Soso! Nicht verzagen, Ledlein fragen", spotte ich. „Alle Farben und viel mehr, gibt's beim Ledlein, seht nur her!"

„Genau, mein Freund!" Er klopft mir anerkennend auf die Schulter. „Jetzt hast du's kapiert."

Ich muss zugeben, dass Ernst da einen wunden Punkt berührt. In den letzten Jahren konnte ich in der näheren und weiteren Umgebung nur noch selten Steine und Erden finden, die sich zu Pigmenten verarbeiten lassen. Die ergiebigen Fundstellen sind weit weg. Der Abbau dort ist für mich mühsam und kostspielig. Allein der Transport hierher nach Erfurt wäre umständlich und vor allem sehr teuer. Das würde die Preise meiner Pigmente und Farben sofort in die Höhe treiben. Wie ich's auch drehe und wende: Mein Geschäftsmodell ist wohl am Ende.

Als hätte Ernst meine Gedanken erraten, spinnt er seinen Gedanken weiter: „Ich würde die Arbeit in der Mühle Mitarbeitern überlassen und mich ganz aufs Kaufmännische und die Kontaktpflege zu Lieferanten und Kunden konzentrieren."

„Klingt gut, aber wie soll das gehen?"

„Du hast mir mal gesagt, dass über die Gewinnung von Pigmenten alles längst bekannt ist."

„Ja, und?"

„Dann weißt du doch, wo die ergiebigsten und besten Farbenmühlen sind. Die schreibst du an und fragst, welche Pigmente sie liefern können und zu welchem Preis. Pigmente versenden ist viel einfacher und billiger als Steine oder Erden transportieren. So einfach wie Blumensamen verschicken."

„Und dann?"

„Dann befragst du Architekten, Malermeister, Tüncher und Kunstmaler, welche Pigmente und Farben sie brauchen. Wenn du das weißt, musst du nur noch Lieferanten und Abnehmer zusammenbringen. Das wäre dann deine Aufgabe."

„Aha, ein Kinderspiel, wenn ich dich richtig verstanden habe."

Ernst wird unwirsch. „Wenn auch kein Kinderspiel, so auch kein Hexenwerk. Überleg doch mal: Du bestellst Pigmente bei den Farbenmühlen. Du veredelst sie in deiner Mühle zu Farben und Lacken. Und dann belieferst du deine Kunden mit Pigmenten, Farben und Lacken. Fertig ist der Lack! Sagt man nicht so in deinem Gewerbe?"

„Ja, so sagt man." Ich muss zugeben, dass Ernst mehr Energie und Phantasie hat als ich. „Faber est suae quisque fortunae – jeder ist seines Glückes Schmied."

Ernst verzieht sein Gesicht zu einem breiten Grinsen. „Einmal Lateiner, immer Lateiner. So haben auch meine Brüder gedacht. Jetzt sind sie Professoren für Altphilologie, der eine an einem Berliner Gymnasium, der andere an der Universität. Und was haben sie davon? Beide sind arme Schlucker und freuen sich über jede Mark, die ihnen ihr kleines Brüderlein zusteckt." Ernst sieht mich herausfordernd an: „Also denk bitte darüber nach, was ich dir gesagt habe. Steig in den Handel ein!"

„Und wenn's schief geht?"

„Was, bitte, kann da schiefgehen?"

„Deficiente pecu, deficit omne, nia – mangelt's im Geldbeutel, mangelt's an allem. Auch das hat uns der Dolor eingebimst."

Ernst überlegt kurz, dann lacht er aus vollem Hals. „Dann helfe ich dir aus der Patsche. Notfalls als stiller Teilhaber. Aber keine Sorgen, so weit wird es nicht kommen, wenn du endlich die Hühner sattelst."

Rot

Rot ist das Blut und die Liebe, aber auch der Hass, die Hitze und das Verbotene. In der alten Medizin wurden rote Rosenblätter auf roten Ausschlag gelegt. Blutstillende Verbände mussten rot sein. Blutende Blattern behandelte man mit roten Salben und Tinkturen. Rote Bänder um Hand- und Fußgelenk sollten Krankheiten wegzaubern. Die Winzer banden rote Fäden um ihre Rebstöcke und wollten sie so vor Ungeziefer schützen. Besorgte Mütter setzten ihren kleinen Kindern rote Mützchen auf, damit sie vor dem bösen Blick bewahrt wurden. Und doch gibt es merkwürdigerweise weniger Rot- als Blautöne auf dieser Welt. Früher war Rot den Adligen und Purpurrot den Allmächtigen vorbehalten. Heute verpassen Modedesigner der Dame von Welt gegen viel Geld rote Schuhe, rote Hosen, rote Roben und rote Hütchen und werden dabei nicht einmal rot im Gesicht.

Schäfchenwolken ziehen am Himmel von West nach Ost. Die Sonne zaubert ein Lichtspiel in meinen Garten, das beruhigt und gibt mir das Gefühl, alle meine Sorgen schwämmen die Gera hinab.

Und mit meinen Sorgen zögen auch alle belastenden Gedanken dahin.

Ich muss gähnen. Die Lider werden schwer, das Licht flimmert, das Wasser flüstert. Die Augen fallen mir zu. Ich schwebe davon und fühle mich federleicht und unbeschwert. Die Zeit bleibt stehen. Dann läuft sie rückwärts. Siebenundzwanzig Jahre zurück. Sommersemester 1848. Ich bin wieder in Heidelberg.

Karl, mein bester Studienfreund, kommt auf mich zu. Er grinst bis über beide Ohren. Er ist ein Jahr jünger als ich, klein, sehr gewandt, blond, aggressiv, etwas überheblich, aber freundlich und ziemlich hübsch, das Idealbild des studentischen Revolutionärs, wie ihn die Heidelberger Mädchen lieben. Seinen Schnurrbart hat er an beiden Enden trotzig nach oben gezwirbelt, seine Grübchen auf beiden Wangen geben ihm ein jungenhaftes Aussehen.

„Ko-Komm so-sofort mit", ruft er mir schon von weitem zu und gestikuliert in die Luft.

„Wohin?"

„Fr-Frag ni-nicht so viel." Er rennt herbei, packt mich am Ärmel. Ich rieche und höre, dass er sturzbetrunken ist.

Er lallt, ich solle sofort mitkommen, kann ich mit Mühe verstehen. In mehreren badischen Garnisonen meuterten die Soldaten. Etliche Festungen seien unter der Kontrolle unserer Leute. Vor der Karlsruher Residenz gehe es drunter und drüber, und Großherzog Leopold sei ins Exil nach Koblenz geflohen.

Karl hält ein Gewehr in der Hand und streckt sein Kinn vor: „Je-Jetzt ko-komm schon, du Fei-Fei-Feigling."

Er habe drei Mörser und zwei Haubitzen aufgetrieben. Er prahlt, wirft sich theatralisch in die Brust und stammelt: „Wir sp-spannen Pf-Pferde davor und zi-ziehen die Di-Dinger zur Uni."

Ein versprengter preußischer Kavallerist galoppiert vorbei. Er fuchtelt mit seinem Säbel in der Luft herum. Offensichtlich ist auch er besoffen und hält sich mit Mühe im Sattel. Er stößt wilde Drohungen aus und beschimpft uns wüst. Plötzlich wendet er sein Pferd und reitet uns hinterher.

Karl schreit: „An-Anhalten, du be-be-besoffenes Pr-Preußenschwein, oder ich sch-schieße dich über den Hau-Haufen!"

Der Besoffene gibt seinem Gaul die Sporen und sprengt säbelschwingend vorwärts.

Karl schießt und – o Wunder – trifft. Der Kavallerist fällt zu Boden. Er ist sofort mausetot. Das Pferd galoppiert ohne Reiter davon.

Gleich marschieren ein paar preußische Infanteristen in blauen Uniformen auf uns zu, die Gewehre mit aufgepflanztem Bajonett im Anschlag.

Ich nehme Reißaus und ziehe Karl am Arm mit. Endlich erreichen wir die Aula. Dort steht ein Trupp Wehrmänner, bewaffnet mit Mistgabeln, Sensen und Spießen. Leute vom Landsturm drängen sich um einen Schleifstein. Sie schärfen ihre Messer und Bajonette. Ängstliche Frauen holen ihre Wäsche von der Bleiche und mühen sich, ihr kostbares Leinen in Sicherheit zu bringen. Über allem ist ein Rufen und Trommeln.

Karl lehnt an einer Wand, leichenblass im Gesicht. Irgendwie ist er durch den Wind, ob vom Rennen oder vom Suff kann ich nicht sagen.

„Was ist?"

„Mi-mir ist so sch-schlecht."

„Das sehe ich. Jetzt komm schon."

„Wo-wohin?"

„Die Preußen sind gleich da. Wir wollen sie gebührend empfangen."

„W-wenn die mich kr-kriegen, stellen sie mich an die Wa-Wand", keucht er.

Hasenfuß, denke ich noch, erst große Klappe, dann die Fliege machen.

Ich renne in meine Bude, die gleich neben der Aula ist, und raffe in Windeseile die wichtigsten

Siebensachen in einem Tornister zusammen. Dann schultere ich mein Gewehr, eine sehr hübsche Doppelbüchse, und schnappe eine Handvoll Munition.

Jede Minute können die Blauen da sein. Von Leuten aus den Nachbarorten haben wir erfahren, dass zwei weitere preußische Regimenter unterwegs sind und täglich neue Truppen hierher verlegt werden. Die preußische Heeresmacht ist uns weit überlegen. Wir hingegen sind nur ein kläglicher Haufen aus Freischärlern, Bürgerwehrleuten und ein paar übergelaufenen Rekruten. Insgesamt stehen uns nur sechs Geschütze und drei alte Mörser zur Verfügung.

Ein Kommissär reitet vorbei und fordert die ratlos umherirrende Bürgerwehr auf, entweder jetzt loszumarschieren oder die Gewehre an die Leute abzugeben, die bereit seien, den Feind anzugreifen.

Plötzlich schlägt unser Tambourmajor den Generalmarsch. Gleich geht's los.

Truppweise, zwölf bis zwanzig Mann je Trupp, marschieren wir den Preußen entgegen. Die Straßen und Plätze sind wie ausgestorben. Es gehe gegen sechstausend Preußen, erfahre ich. Wir sind nur achthundert Mann.

„Mit den wenigen Freischärlern und ohne gute Geschütze lässt sich gegen das bestens gerüstete preußische Kriegsheer schlecht kämpfen", ruft mir ein gut gekleideter, älterer Herr vom Straßenrand zu.

„Mögen die Preußen nur kommen", mache ich mir selbst Mut, „wir sind bereit, sie zu empfangen. Und dann wollen wir sehen, ob ihnen der entscheidende Schlag gelingt, oder ob sie sich in die Backöfen verkriechen."

„Das Ganze halt!", schreit unser Zugführer. Hier und jetzt sollen wir Barrikaden errichten. Und zwar plötzlich! Ein Mann mit einer Armbinde weist mich an, Vorposten zu beziehen.

„Junge," ruft mir ein Bauer zu, „nur Mut, ihr geht ja nicht gegen die Preußen, um totgeschossen zu werden, sondern um uns die Freiheit zu gewinnen."

Doch bevor ich auf Posten stehe, ist ein Dröhnen und Stampfen in der Luft, dann steigt eine Staubwolke auf. Und schon rast sie auf mich zu, die preußische Kavallerie, wie eine blitzende, feuerspeiende, unüberwindliche Wand. Ein Hauen und Stechen, ein Schreien und Stöhnen. Um mich herum die ersten Toten und Verwundeten. Und schon reitet einer auf mich zu, schwingt seinen glänzenden Säbel. Wegducken, ist mein letzter Gedanke, einfach fallen lassen, sonst ...

„Geht's dir nicht gut?" Doris steht neben mir und sieht mich bekümmert an. „Du hast im Schlaf etwas gerufen, aber ich habe es nicht verstanden."

„Sei unbesorgt. Ich habe nur schlecht geträumt."

„Warst wohl wieder in Heidelberg bei den Revolutionären." Doris fragt nicht, sie stellt es besorgt fest und drückt mir mitfühlend die Hand. Sie weiß um meine Albträume. Ich habe ihr in allen Einzelheiten gebeichtet, dass ich eigentlich Pfarrer werden wollte, aber vor bald dreißig Jahren in die politischen Unruhen in Deutschland hineingeraten war und in die Schweiz fliehen musste, weil mich sonst die Preußen füsiliert hätten.

„Womit ist Albert beschäftigt?"

„Er möchte Tinte herstellen, ist sich aber nicht mehr ganz sicher, ob er's noch genau weiß."

„Dann schick ihn bitte gleich her."

Doris geht. Albert kommt sofort, Papier und Bleistift in der Hand.

„Vorhin war Kaufmann Unselt da und wollte Schreibtinte kaufen, aber wir haben keine mehr. Ich habe ihn bis übermorgen vertröstet. Jetzt muss ich dringend neue machen." Er bleibt stehen und wartet auf Anweisungen.

„Setz dich bitte, Albert, sonst habe ich das Gefühl, ich sei schwer krank und am Boden zerstört."

Wir gehen unser bewährtes Rezept für die gute Eisengallustinte durch, Albert schreibt mit: 18 Teile beste Galläpfel, 7 Teile Gummi arabicum und 7 Teile grünes Eisenvitriol.

„Zuerst musst du die Galläpfel in eine Leinwand wickeln und mit dem Hammer zerkleinern", diktiere ich ihm.

„Alle Galläpfel auf einmal?"

„Ja, und dann nimmst du die Reibschale und verreibst die Galläpfel und die Gummi- und Eisenvitriolbrocken zu feinem Pulver. Das rührst du so lange um und um, bis alles ganz vermischt ist."

„Den Rest weiß ich noch", sagt Albert.

„Und wie?"

„Ich stell den blauen, emaillierten Topf auf den Herd, fülle ihn halb voll mit sauberem Wasser und rühre das Pulver hinein."

„Nur mit dem Glasstab oder einem sauberen Holzlöffel umrühren, vergiss das nicht!"

„Weiß ich. Die erste halbe Stunde ständig umrühren und dann jede Stunde einmal kräftig durchrühren, bis die violett-schwarze Brühe immer dunkler wird und kein Bodensatz mehr da ist."

„Und, nicht vergessen, noch einen Krug heißen Wassers hingießen und kräftig aufrühren", ermahne ich ihn.

„Dann durch ein Tuch filtern, damit ungelöste Rückstände entfernt werden. Und zum Schluss ein paar Tropfen Nelkenöl zur Konservierung hinzugeben. Richtig so?" Albert sieht mich zustimmend an.

„Tadellos", bestätige ich.

„Dann mach ich mich gleich ans Werk", sagt Albert, zögert einen Augenblick und fragt dann: „Und was soll ich mit den gelben und orangefarbenen Knollen machen, die der Franz gebracht hat?"

„Die können warten, bis ich wieder gesund bin."

Ich überlege für einen Augenblick, Albert in meine Überlegungen einzuweihen, mein Warenangebot zu erweitern und Franz in der Mühle zu beschäftigen. Aber dann verwerfe ich den Gedanken. Über ungelegte Eier soll man nicht diskutieren, hat mein Vater immer gesagt.

Orange

Orange ist die Farbe des Sonnenuntergangs, des Optimismus und der Lebensfreude. Sie gaukelt uns Süße und Erfrischung vor. Orange, abgeleitet vom französischen Wort für Gold, wurde in der Malerei, in der Mode und in der Wappenkunde viele Jahrhunderte lang nicht geduldet, galt diese Farbe doch als sehr aufdringlich und extrovertiert. Erst die Künstler des 19. Jahrhunderts verwendeten sie, wenn sie Lustiges und Geselliges darstellen wollten. Bei Orange empfindet man Licht und Wärme zugleich. In China symbolisiert Orange den Wandel und die Erleuchtung, weshalb die buddhistischen Priester orangefarbene Gewänder tragen. Orange wurde in Indien früher aus Safran und Saflor gewonnen, einer Distel mit orangefarbenen Blüten. Orange ist die Flagge der Niederländer und die Hausfarbe der Oranier, benannt nach ihrem Stammgebiet, der Grafschaft Oranien (dem späteren Fürstentum Orange) in der Provence.

Das Wasser des Flusses gleißt zwischen den Büschen hindurch und blendet mich. Als ich die Hand hebe, um meine Augen zu beschatten, steht Klara neben mir. Sie setzt sich auf die Chaiselongue, umarmt mich und drückt mir einen Kuss auf die Wange.

„Ich freue mich, dass du wieder da bist, Papa", sagt sie und nimmt meine Hände in ihre.

„Danke, mein Schatz, wie geht es dir?"

„Gut! Heute hatten wir die letzte Stunde frei, weil unser Englischlehrer krank ist."

Ich bin stolz auf meine Klara. Sie ist sehr hübsch, hat braune, schulterlange Haare, in der Schule zu Zöpfen geflochten, und trägt gerade einen blauen Faltenrock, eine weiße Bluse und eine Zierschürze, an deren Oberteil breite, gekreuzte Bändern angenäht sind, die man im Rücken verknotet.

Klara ist fünfzehn und besucht die höhere Mädchenschule, die in einem Gebäude des Predigerklosters in der Stadtmitte untergebracht ist, direkt an der Gera. Meister Eckhart war hier vor rund siebenhundertfünfzig Jahren Novize und später Prior des Klosters gewesen. Weil Doris diese Schule besucht hatte, bestand sie darauf, Klara da einzuschulen. Mir war das gleich recht, denn diese Mädchenoberschule hat einen guten Ruf. Sie umfasst mittlerweile zehn Klassen. Ihr Lehrplan ist modern und nicht so verstaubt wie im altehrwürdigen

Ratsgymnasium. Die Mädchen werden in den Fächern Religion, Deutsch, Französisch, Englisch, Kunstgeschichte, Physik, Haushaltschemie, Gesundheitslehre und Turnen unterrichtet, dazu Französisch als Wahlfach.

„Was hast du heute in der Schule gelernt?", will ich wissen.

„Erst hatten wir Religion, dann Deutsch und anschließend zwei Stunden Haushaltschemie."

„Haushaltschemie ist für mich ein Buch mit sieben Siegeln", bekenne ich und necke sie: „Seid ihr da um einen Herd herumgestanden, habt Grimassen geschnitten und ein wenig gequatscht?"

„Ach Papa, ich glaube, du bist ein bisschen dumm. In Haushaltschemie lernt man ganz viel."

„Was zum Beispiel?"

„Zum Beispiel, wie man eine Familie gut versorgt, und wie man den Tisch schön deckt und etwas Ordentliches und Gesundes serviert."

„Klingt sehr abgehoben und theoretisch."

„Gar nicht! Zuerst haben wir feinen Grießbrei gekocht und nebenher gehört, was man über die Milch wissen muss."

„Und was muss man über die Milch wissen?"

„Dass sie eines unserer besten Nahrungsmittel ist. Und dass man sie vor dem Sauerwerden und Gerinnen bewahren muss."

„Und warum wird sie sauer?"

„Och Papa! Willst du mich prüfen?"

Ich muss unwillkürlich kichern, denn mir fällt ein, dass ich mich mit eben dieser Frage gegen meinen Vater gewehrt habe, wenn er beim Mittagessen wissen wollte, was ich in der Schule gelernt habe.

Klara zieht eine Schnute. „Auf den Arm nehmen kann ich mich selber."

„Entschuldige bitte, aber mit Grießbrei werde ich mittags nicht satt."

Klara lacht hell auf. „Das war ja bloß die erste halbe Stunde."

„Und was habt ihr dann gekocht?"

„Fräulein Haberkorn hat uns erklärt, wie gesund Möhren sind und in welcher Jahreszeit man sie am vorteilhaftesten verwendet. Sogar Hinweise zum Anbau im Garten hat sie uns gegeben. Und dann haben wir Möhrengemüse mit Kartoffeln gekocht."

„Aha!"

„Papa, da kommst du nicht mehr mit. Zu deiner Zeit, da haben die Mädchen brav Suppe gekocht, Nudelsuppe und Kartoffelsuppe, Bohnensuppe und auch mal eine klare Rindfleischsuppe. Und wenn's was Besonderes sein sollte, haben sie einen

Kartoffelsalat mit Würstchen zubereitet. Alles kalter Kaffee! Wir lernen richtig kochen!"

„Und was habt ihr mit dem fertigen Essen gemacht?"

„Du denkst wohl, wir schmeißen das weg?" Klara tippt ihrem Vater an die Stirn und lacht. „Pustekuchen! Wir essen alles auf, aber vorher lernen wir, wie man den Tisch deckt."

„Na, wenn das so ist, dann zieh dich bitte um und hilf deiner Mutter beim Mittagessen. Meinetwegen hat sie heute besonders viel zu tun."

Ich schaue Klara nach, bis sie in der Mühle verschwunden ist. Ein kluges und liebenswürdiges Mädchen. Womit habe ich das Kind verdient? Gerade weil ich meine Klara über alles liebe, mache ich mir große Sorgen um sie. Was soll einmal aus ihr werden? Spätestens mit sechzehn kommt sie aus der Schule. Und dann? Seit Wochen zerbreche ich mir den Kopf über ihre Zukunft.

Klara selbst hat schon zweimal den Wunsch geäußert, Lehrerin werden zu wollen. Das ließe sich verwirklichen, denn hier in Thüringen gibt es mehrere höhere Töchterschulen, an die ein Lehrerinnenseminar angeschlossen ist. In Eisenach zum Beispiel, auch in Gotha und in Gera. Und doch bezweifle ich, dass meine Klara als Lehrerin glücklich wäre. Sie ist sehr selbstständig und würde sich wohl kaum widerstandslos den Männern in der Schule unterordnen. Und sie müsste den Beruf sofort aufgeben, wenn sie heiraten sollte, denn leider gilt das Lehrerinnenzölibat. Das haben sich die Männer fein ausgedacht. Nur die schlechtbezahlten Stellen im Schulwesen dürfen Frauen besetzen, und auch nur so lange, wie sie ledig bleiben.

Aufs Ganze gesehen müssen Frauen viele Ungerechtigkeiten erdulden. Sie leiden unter allerlei Entbehrungen und frivolen Bemerkungen. Sie müssen auf höhere Bildung und akademische Berufe verzichten. Viele bleiben arbeitslos, während andere bis zum Umfallen schuften, meist ohne Bezahlung!

Die Vorbehalte gegen die Erwerbstätigkeit von Frauen sind schier unüberwindlich. Ohne Zustimmung eines Mannes kann keine Frau ein eigenes Bankkonto eröffnen. Ohne ausdrückliche Zustimmung eines Mannes darf keine Frau arbeiten. Dem Vater, Ehemann oder Bruder steht es frei, jederzeit den Arbeitsvertrag seiner Frau, Tochter oder Schwester ohne deren Zustimmung zu kündigen. Ihren Lohn muss sie dem Vater, Ehemann oder Bruder überlassen, der damit nach Belieben schalten und walten kann, denn Frauen sind nicht geschäftsfähig.

Natürlich könnte Klara in einer Manufaktur oder Fabrik arbeiten, wenn ich es erlaube. Natürlich könnte sie, wie andere Mädchen auch, Kürschnerin, Schneiderin, Näherin oder Hutmacherin werden. Natürlich könnte sie die Ausbildung zur Erzieherin in einem der Kindergärten machen. Aber das wäre dann doch nicht meine Klara!

Ich will ihr ein unabhängiges, eigenständiges Leben ermöglichen, das sie nach eigenen Vorstellungen gestalten kann. Abitur und Studium, ja, das würde zu meiner Klara passen. An den Universitäten Bern und Zürich studieren schon die ersten Frauen, wie ich jüngst in der Zeitung las. Gerade wird an Klaras Schule der Ausbau der Oberstufe bis zur Hochschulreife diskutiert, doch das kommt für meine Tochter zu spät. Weit und breit ist keine Schule, die meiner Klara den Weg zum Studium ebnen könnte, und erst recht keine Hochschule, die Frauen aufnimmt.

In Mathematik, Chemie und Physik ist sie besonders gut. Ließe sich da nicht etwas machen? Eine Handelsschule oder kaufmännische Mädchenschule besuchen und den Beruf der Sekretärin oder Stenotypistin erlernen? Was Klara wohl dazu sagen würde?

Rosa

Rosa (lateinisch: die Rose) ist ein zarter, weicher Rotton, der als weiblich und warm empfunden wird. Rosa steht für Geborgenheit und sanfte Gefühle, aber auch für Kindheit und Naivität. Rosa gilt als ideale Babyfarbe. Mädchen werden in Rosa gekleidet. Im Rokoko schwelgte die vornehme Gesellschaft in Rosa. Rosa verstärkt positive Gefühle und besänftigt Aggression und Gewalt. Es ist die Farbe der Romantik und der Träumerei. Viele Süßigkeiten sind rosa eingefärbt, warum wohl? Viele Blumen blühen rosa, zum Beispiel Heckenrose, Geranie, Fingerhut und Dahlie. Rosa ist die älteste natürliche Farbe der Welt, über eine Milliarde Jahre alt, wie Forscher jüngst in der Sahara entdeckt haben. Rosa, mit Weiß abgetöntes Rot, ist eine Pastellfarbe, die es in zahlreichen Nuancen gibt: Hellrosa, Altrosa, Fuchsie und Bisque (französisch: pürierte Hummersuppe).

Ich schaue in den Himmel und sehe die Wolken ziehen, da steht Klara wieder neben mir. „Die Zeitung", sagt sie und lacht, als ich erschrecke, „damit dir nicht langweilig wird."

„Und was schaffst du?"

„Ich helfe Mama in der Küche."

„Was kocht ihr denn?"

„Großes Geheimnis. Was ganz Besonderes. Extra für dich. Mama will, dass es dir gut geht."

„Hat sie das gesagt?"

„Ja, sie möchte nicht, dass du dir Sorgen machst. Vorhin hat sie mir verraten, dass du deine Firma vergrößern willst."

„So groß", ich zwinkere ihr zu, „dass du einmal Frau Direktorin werden könntest. Würde dir das gefallen?"

Klara staunt, dann lacht sie mich fröhlich an, stopft ein Kissen in meinen Nacken, damit ich besser lesen kann, wie sie sagt, und geht wieder. Ein umsichtiges Mädchen. Ich staune.

Der Besitzer der Zeitung ist ein Freund von mir. In seiner Redaktion kann man meine Tinten kaufen, dazu Schreibpapier, Büroleim, den neuesten Fahrplan der Reichseisenbahn und ein paar Bücher über die nähere und weitere Heimat. Seine Zeitung lese ich immer von hinten nach vorn. Anzeigen, Stellenangebote, Stellengesuche und den Bericht von der Berliner Börse zuerst: Staatsanleihen, Fonds und Aktien, vor allem diverse Eisenbahn-Stammaktien. Dann den Fortsetzungsroman, gegenwärtig mit dem Titel *Verloren*. Und auf den ersten drei Seiten nur staubtrockene Berichte über das politische Allerlei in ganz Europa, darunter dieser süßliche, rosa gefärbte Artikel. Er ist todernst gemeint, wirkt auf mich aber so albern, dass ich ihn mir laut vorlese, um mich besser amüsieren zu können:

„Kaiser Wilhelm gab heute im Kurgebäude in Nassau an der Ems ein großes Diner, welchem der Kaiser von Russland, der König und die Königin von Württemberg, Prinz Reuß und Herren des preußischen und russischen Gefolges anwohnten. Die Damen und Herren des russischen Gefolges machten dann auf prächtig geschmückten Nachen eine Wasserpartie nach Dausenau. Bei ihrer Ankunft begab sich die Gesellschaft unter Vorantritt der Damen, nachdem einer der Herren den Weg mit Rosen bestreut hatte, unter die nahen Obstbäume, wo bereits eine Tafel für sie präpariert war. Während der Tafel spielte eine Militärkapelle. Sichtlich sehr angenehm wurde die Gesellschaft mit Gesang des hinter Bäumen und Büschen versteckt stehenden, von Lehrer Rückert geleiteten Dausenauer Gesangvereins unterhalten, welche Aufmerksamkeit dieselbe dankend anerkannte. Großes Vergnügen bereiteten der Gesellschaft die Spiele der herbeigeeilten Jugend mit Wettlauf, Bocksprüngen und Eselwettrennen. Bei Anbruch der Nacht kehrte dieselbe auf den von vielen Lampions erleuchteten Nachen nach kurzweiligem Aufsteigen verschiedenfarbiger Raketen nach Ems zurück."

Die übrigen Nachrichten sind gleich aufgezählt: Der Kronprinz von Italien ist in London eingetroffen und hat der Queen einen längeren Besuch abgestattet. Der Sultan von Sansibar hat Liverpool verlassen und sich nach Manchester begeben, um die dortigen Sehenswürdigkeiten zu besichtigen. Feldmarschall Graf Roon hat sich mit seiner Familie auf seinen Sommersitz bei Coburg begeben. Der Herzog von Gotha ist zum Bergwandern nach Hinterriß in Tirol gereist. Und der Fürstbischof von Breslau hat in einem Schreiben an den Asylverein erklärt, er könne sich dem Verein nicht anschließen, weil man ihm zumute, Einkommensteuer zu zahlen. Ein geistlicher Fürst sei jeglicher irdischen Steuer enthoben, habe sich Durchlaucht echauffiert.

Lauter überhebliches Blabla! Überflüssig wie der siebte Kropf! Aber das sage ich meinem Freund lieber nicht. Wenn die Archäologen in fünfhundert Jahren die Archive nach Zeugnissen aus meiner Zeit durchwühlen, dann werden sie gewiss auch diese Zeitung finden. Und die Herren Studienräte werden dann im Geschichtsunterricht verkünden, damals, vor fünfhundert Jahren, sei die Welt noch in Ordnung gewesen. Kein Hader, kein Streit, kein Krieg, nicht einmal der kleinste Zwist auf Erden, nur Klatsch und Tratsch und eine gottgewollte Obrigkeit.

Ich lege die Zeitung unter die Chaiselongue. Den rechten Arm unter dem Kopf blicke ich wieder in den Himmel und sehe, wie Wolken von Westen heranstürmen und immer neue Silhouetten auf das azurblaue Firmament zaubern. Ja, gestehe ich mir unumwunden ein, es ist ein Glück, ein solches Mädchen wie Klara um mich zu haben. Noch nie habe ich das so stark empfunden wie gerade jetzt.

Leider legt man den Mädchen viele Steine in den Weg. Die Vorstellungen über unsere Gesellschaft sind festgefahren. Sollten Mädchen nicht einmal zeigen dürfen, was sie können? Nein, heißt es sofort, Mädchen dürfen das nicht, weil sie es nicht können. Mädchen sind da nicht erwünscht, dort nicht gern gesehen. Sie seien körperlich zu schwach und geistig den Jungen unterlegen, behaupten Kaiser und Regierung, Pädagogen und Demagogen. Ihr Hirn sei viel kleiner als das der Jungen, weshalb sie nur einfachste Tätigkeiten verrichten könnten.

Ich könnte mich darüber grün und blau ärgern. Ich wüsste kein Gebiet, auf dem es meine Klara nicht mit gleichaltrigen Jungen aufnehmen könnte. Sie ist klug und kann besser lesen, schreiben und rechnen als viele Erwachsene. Sie kann zupacken und ist offensichtlich auch seelisch im Gleichgewicht. Darum glaube ich nicht an die überall hinausposaunten Unterschiede zwischen Jungen und Mädchen. Ich glaube auch nicht an die Überlegenheit des männlichen Geschlechts. Nach meinem Dafürhalten gibt es nichts, was ein Mädchen nicht auch zu leisten vermag.

Doch wie sage ich das meiner Klara? Halte ich ihr einen Vortrag? Erwähne ich es nebenher beim Essen? Oder wäre es besser, ich rede nicht darüber und lasse Taten sprechen?

Nach reiflicher Überlegung komme ich zum Schluss, dass es wohl am besten wäre, wenn ich ihr eine verantwortungsvolle, aber leicht zu lösende Arbeit anvertraue, die bisher nur Albert und ich erledigt haben. Damit wächst ihr Können, ihr Selbstvertrauen und auch ihr Interesse für solche Aufgaben. Doch womit könnte ich Klara locken?

Walnusstinte fällt mir ein, die einen unverkennbar grünstichigen Braunton hat, der sich mit der Zeit farblich nur geringfügig verändert. Sie ist leicht herzustellen. Leicht für mich, aber auch für Klara?

Ich angle den Notizblock vom Hocker und notiere, wie man Walnusstinte macht.

Schritt 1: 200 Gramm zerkleinerte Walnussschalen 1 Stunde lang in 1 Liter Wasser auskochen (Kochtopf geschlossen halten), dann durch Trichter mit Papierfilter in ein großes Glas filtrieren.

Schritt 2: Dem Filtrat zuerst 8 Gramm Eisensulfat und dann 2 Gramm Kalialaun hinzugeben – jeweils mit der Reibschale verrieben.

Schritt 3: Filtrat mit dem Glasstäbchen umrühren, bis keine Klümpchen mehr zu sehen sind.

Schritt 4: Emailtopf mit Zitronensäure reinigen. Diese langsam in heißes Wasser im Topf zugeben, kurz aufkochen und dann 10 Minuten ziehen lassen. Abgießen und Topf mit klarem Wasser ausspülen.

Schritt 5: Sud aus dem großen Glas erneut filtrieren und in kleine Gläschen abfüllen.

Gerade will ich mich zurücklegen, da sehe ich Albert am Fenster stehen. Ich winke ihm zu. Und schon steht er neben mir: „Du hast gerufen?"

„Tut mir leid, Albert, ich habe dir nur zuwinken wollen. Aber wenn du schon mal da bist, dann lies bitte das durch." Ich drücke ihm die Gebrauchsanweisung in die Hand.

Albert liest und meint: „Weiß ich doch. Und jetzt?"

„Ich habe mir gedacht, Walnusstinte machen ist leicht. Wie wär's, wenn wir damit Klara beauftragen?"

„Das schafft sie mit links."

„Gut, dann schick sie bitte zu mir. Sag ihr nichts. Lass sie einfach machen. Räume ihr ein Plätzchen neben dir ein, dann kannst du beobachten, wie sie sich anstellt. Ich gebe ihr den Zettel und bitte sie, uns zu helfen. Einen Versuch ist es allemal wert."

„Das haut hin, wirst schon sehen", sagt Albert und reicht mir den Zettel zurück. „Wie viele Liter Walnusstinte soll sie herstellen?"

„Ein Liter reicht für den Anfang. Für den Fall, dass es misslingen sollte, ist nicht viel kaputt."

Albert geht, und meine Laune hebt sich. Der Generation meiner Mutter wurde nur das Kochen, Spinnen und Beten überlassen, für alles andere hielt man sie für zu schwach und zu doof. Meiner Klara traue ich alles zu, auch Schalter drehen und Knöpfchen drücken in meiner Mühle.

Schon steht sie neben mir, meine Lieblingstochter, denn ich habe nur diese eine. Ich lächle sie froh und hintersinnig an: „Lies mal!"

Sie überfliegt den Text und fragt: „Na und?"

„Würdest du dir das zutrauen? Wir haben keine Walnusstinte mehr, und Albert ist gerade mit der Eisengallustinte beschäftigt. Und ich bin ja derzeit zu nichts nütze."

Klara lacht. „Armer Papa", sagt sie, „aber zum Glück hast du ja mich."

Welch eine Märchenfee. Immer fröhlich, sogar wenn Arbeit auf sie zukommt. Es keimt in mir der Verdacht, dass das Jugendproblem, wie es die Zeitungen tagtäglich beschwören, weniger ein Problem der Heranwachsenden ist als der Politiker und der Statistiker.

„Ob ich in der Küche bin und das Mittagessen zubereite oder in der Mühle stehe und Walnusstinte koche, ist doch Jacke wie Hose. Du kannst immer auf mich zählen, Papa. Sag's bitte, wenn ich noch mehr für dich tun kann."

„Aber erst nach dem Mittagessen und den Hausaufgaben, versprochen?"

„Versprochen", sagt sie und eilt zurück in die Küche. Den Zettel nimmt sie mit.

Wohlig lehne ich mich zurück und schaue wieder den Wolken nach. Wenn schon meine Klara mithilft, dann kann es nur noch aufwärts gehen. Vielleicht kann ich meinen Kindern doch noch eine gewinnbringende Firma hinterlassen.

Silber

Silber ist eine neutrale Farbe, die den Grautönen zugerechnet wird, geht sie doch aus Schwarz und Weiß hervor. Oft werden Metallpigmente hinzugemischt, um das Metallische der Farbe hervorzuheben. Viele Wappen enthalten Elemente aus Silber, denn das gilt als wertvoll und begehrt. Und doch ist Silber zweitrangig. Die Goldmedaille gehört nämlich dem Sieger, der Zweitplatzierte muss sich mit der Silbermedaille begnügen. Weil Gold selten und weich ist, prägte man meist Silbermünzen. So wurde Silber zur Farbe des Geldes und des Reichtums. Die Sonne ist gülden, der Mond ist silbern, weshalb Silberwaren früher mit einer Mondsichel gestempelt wurden. Silber steht auch für Weisheit. Eine Silberlocke kennzeichnet den ergrauten Herren. Ein Silberstreif am Horizont kündigt den Wandel an. Wer eine silberne Zunge hat, ist redegewandt. „Weisheit erwerben ist besser als Gold, und Einsicht erwerben edler als Silber" (Sprüche 16,16).

Das Geheimnis ist gelüftet. Es gibt Rindsrouladen, gefüllt mit Zwiebeln, Speck, Gurken und Dill, dazu Rotkohl und Serviettenknödel.

Ich freue mich wie ein Schneekönig. Roulade ist meine Leibspeise. Ich muss wohl glänzende Augen bekommen haben, denn Doris lacht verschmitzt, als sie den duftenden Teller auf dem Hocker neben mir abstellt.

„Das beste Festtagsessen", lobe ich sie. „Wenn ich das gewusst hätte, wäre ich schon viel früher auf die Idee gekommen, mir den Fuß zu brechen."

„Einen Moment, bin gleich wieder da." Doris grinst mich an und enteilt, kehrt aber gleich mit einem Glas Rotwein wieder. „So, jetzt lass dir's schmecken."

„Und ihr kriegt nichts?"

„Doch, doch", bekräftigt Doris, „wir warten, bis Georg da ist. Sonst müsste der Bub allein essen."

Der Bub wird bald siebzehn und besucht das Realgymnasium Himmelspforten. Doch ich bin jetzt mit Wichtigerem beschäftigt. Eine Roulade bekommt man schließlich nicht alle Tage vorgesetzt, dazu noch eine so köstliche, wie sie nur meine Doris machen kann.

Erst jetzt bemerke ich, dass alles portionsgerecht auf meinem Teller liegt. Weil ich nur die Gabel brauche, kann ich mich ganz auf den Genuss konzentrieren, den mir Doris und Klara zubereitet haben. Zutiefst gerührt mache ich mich über das leckere Essen her und trinke Wein dazu. Über mir scheint die Sonne. Die Spatzen und Tauben hocken auf den Bäumen, schielen zu mir herab und lauern darauf, dass mir etwas vom Teller fällt.

„Nein, Ihr Lieben, heute nicht", rufe ich ihnen zu, „das ist alles nur für mich!"

Es schmeckt köstlich. Georg wird strahlen, wenn er kommt, denn auch er liebt Rouladen über alles. Hat er wohl von mir.

Ich wollte, dass Georg sich nicht mit Griechisch und Hebräisch in meiner alten Schule abmühen muss, sondern moderne Sprachen und insbesondere die neuesten Naturwissenschaften erlernt. Die Entscheidung für das Realgymnasium Himmelspforten war und ist ein Volltreffer. Georg geht gern dorthin und kann bereits ordentlich Französisch, Englisch und Latein. Dazu genießt er einen vorzüglichen Unterricht in Mathematik, Physik und Chemie. Technische Fertigkeiten werden auch gefördert. In Kursen erwirbt er grundlegende Kenntnisse in der Papier-, Pappe-, Holz- und Metallverarbeitung. Sogar in Geschichte, Geographie und Biologie sowie im Singen, Zeichnen und Turnen bringt er ordentliche Zensuren heim. Die Lehrer in Chemie und Physik seien sehr gut, lobt er seine Schule. Man lerne viel über die organische Chemie und manches sogar aus der neuen, der anorganischen Chemie. Kürzlich habe der Lehrer mit Metallen und Nichtmetallen experimentiert und deren Eigenschaften erklärt. Und letzte Woche seien ätherische Öle und Harze untersucht worden.

Glücklicherweise hat unser Realgymnasium Himmelspforten seit einiger Zeit das Recht, nach bestandener Reifeprüfung Abiturzeugnisse auszustellen. Vermutlich will Georg dann studieren, was mich freuen würde. Vielleicht wählt er sogar Chemie und Physik als Studienfächer. Das wäre schon ganz nahe bei dem, womit ich mich beschäftige.

Der Chemiker Dr. Jordan produziert in seiner Berliner Fabrik künstliche Farbstoffe aus Anilin, das er aus Steinkohlenteer gewinnt. Wenn mein Bein ausgeheilt ist, fahre ich mit Georg hin. Wir schauen uns die Herstellung der Anilinpigmente an, die man auch Teerfarben nennt, und erkunden zugleich, wie ich diese erwerben kann.

Ob es mir gefällt oder nicht, den neuen Teerfarben gehört die Zukunft. Das ist so sicher wie das Amen in der Kirche. Deshalb muss ich mir sie schnellstmöglich besorgen, verändern sie doch gerade alles. Hausfassaden, Zimmertapeten, Teppiche, ja sogar Kleider werden farbiger, auch die Bilder, die junge französische Maler im Freien und mit Farben aus der Tube malen. Die ganze Welt wird bunter dank dieser neuen Farben.

Georg eilt auf mich zu.

„Hat's geschmeckt?"

Er grinst mich an. „Das fragst ausgerechnet du? Das herrliche Mittagessen habe ich doch dir zu verdanken, Papa."

„Und wie war's heute in der Schule?"

„Wir haben einen Stromakkumulator hergestellt."

„Was ist denn das?"

„Man stellt zwei große Bleiplatten in ein Gefäß mit verdünnter Schwefelsäure. Dann führt man elektrischen Strom zu. Fertig! Der Akku speichert elektrischen Strom und kann ihn jederzeit wieder abgeben."

„Und woher habt ihr in der Schule elektrischen Strom?"

„Von einer Dynamomaschine. Die hat der Ingenieur Werner von Siemens in Berlin erfunden. Mein Physiklehrer hat uns die Maschine ganz genau erklärt. Ein mit Kupferdraht umwickelter Anker dreht sich zwischen zwei magnetischen Eisenpolen. Durch die Rotation entsteht elektrischer Strom."

„Und eine solche moderne Maschine habt ihr an eurer Schule?" Ich muss ein ungläubiges Gesicht gemacht haben, denn Georg lacht. „Wir haben in

Physik und Chemie die neuesten Geräte. Da staunst du, was!?"

Schule – modern, das waren für mich bisher eher Gegensätze wie Feuer und Wasser. Entweder Schule, dann verpennt – oder modern, dann nicht in der Schule.

Mein Sohn belehrt mich: „Dem elektrischen Strom gehört die Zukunft, Papa. Die Dynamomaschine verwandelt Rotation in elektrischen Strom. Wenn du schlau bist, dann schaffst du eine Wasserturbine an. Die Gera lässt die Turbine rotieren. Fertig ist der Strom. Und den überschüssigen Strom, den du nicht in deiner Mühle verbrauchst, den kannst du sogar verkaufen."

„Erzähl keine Märchen! Ich habe noch nie etwas von einer Wasserturbine gelesen, geschweige denn gehört."

Georg lacht. „Ach Papa! Eine Wasserturbine ist bloß ein Propeller, der von der Wasserkraft angetrieben wird und seine Bewegungsenergie an einen Generator weitergibt, der sie in elektrische Energie umwandelt."

„Und was ist ein Propeller?"

Georg verschluckt sich vor lauter Lachen. „Das ist so etwas wie ein Wasserrad."

„Aha! Was du alles weißt. Ich bin beeindruckt."

„Dann mach dich schlau, Papa!"

Mir imponiert, dass sich Georg so für die Naturwissenschaften begeistert. Deshalb fordere ich ihn heraus: „Nicht nur dem elektrischen Strom gehört die Zukunft. Auch den künstlichen Farben gehört sie. Die Palette an natürlichen Farbpigmenten und Farben, wie ich sie herstelle, ist sehr eingeschränkt. Doch seit Neuestem kann man fast alle Farbtöne künstlich herstellen. Aus Teer! Diese Teerfarben sind besser und billiger als die aus Pflanzen, Erden und Steinen. Sie sind oft auch brillanter. Diese Entwicklung darf ich keinesfalls verschlafen, sonst geht meine Farbenmühle buchstäblich die Gera hinunter."

Georg blickt mich erschrocken an. „Und was machst du dann?"

„Soweit darf es nicht kommen. Schon den ganzen Vormittag denke ich darüber nach, wie ich auf diese Entwicklung aufspringen kann."

„Und wie, wenn ich fragen darf?"

„Künstliche Farbpigmente kann ich nicht herstellen. Viel zu teuer und zu kompliziert! Aber ich muss sie in mein Sortiment aufnehmen. Und ich muss sie zu streichfertigen Farben verarbeiten. Deshalb will ich, sobald ich wieder gehen kann, nach Berlin. Dort ist die Firma von Dr. Jordan, der diese künstlichen Pigmente herstellt."

„Darf ich mit?"

Mir hüpft das Herz im Leib. Genau das habe ich erhofft. „Natürlich, ohne dich fahre ich nicht, denn du verstehst von Chemie mehr als ich. Aber dafür erkundigst du dich bitte, wie so eine Wasserturbine funktioniert und was sie kostet."

Georg verspricht es, und ich bitte ihn, mir Schreibpapier und einen gespitzten, nicht zu harten Bleistift zu bringen. Er eilt und bringt das Gewünschte, dazu noch zwei Kissen, die er mir in den Rücken stopft. Und so kann ich bequem einen Brief an Farbenmüller Adam Stohler in Poschiavo im Graubündner Land schreiben.

Mein lieber Adam!

Ich liege auf einem Sofa im Garten meiner Farbenmühle. Mein rechtes Bein ist in Gips, weil ich es mir bei der Pigmentsuche gebrochen habe. So habe ich viel Zeit, über meine Arbeit und die Veränderungen in unserem Metier nachzudenken.

Auch du hast gewiss beobachtet, dass vor allem die grünen und gelben Fassadenanstriche verschwinden und die Häuser und Zimmer bunter werden. Bestimmt hast auch du gelesen oder gehört, dass künstliche Farben aus Teer auf den Markt drängen. Das treibt mich doch arg um. Deshalb will ich, sobald ich wieder gesund bin, meine Firma neu aufstellen.

Ich möchte die wichtigsten Teerfarben in mein Sortiment aufnehmen. Mein Sohn und ich fahren demnächst nach Berlin, wo die Firma Dr. Jordan künstliche Pigmente aus Teer herstellt, in sehr großen Mengen und in allen Farben. Ich hoffe, dort eine enge Geschäftsbeziehung zu dieser Firma knüpfen zu können.

Die neuen Teerfarben verdrängen meines Erachtens die natürlichen Farbpigmente nicht vom Markt, aber in Anbetracht der billigeren Kunstfarben will ich künftig aus Kostengründen nur noch die Pflanzen, Erden und Steine verarbeiten, die ich in meiner Heimat selbst finden oder kaufen kann. Und ich will gebrauchsfertige Farben für alle farbenverarbeitenden Berufe herstellen. Allerdings würden damit die vielen grünen, rötlichen, weißen, grauen und schwarzen Gesteinspigmente in meinem Sortiment fehlen, die du in Graubünden zuhauf findest.

Daher biete ich dir eine Zusammenarbeit an. Du schickst mir die Pigmente in Kommission, die du auch hier in Mitteldeutschland vertreiben möchtest. Und ich verkaufe sie mit einem gewissen Aufschlag in deinem Auftrag. Monatlich oder vierteljährlich, ganz wie du es willst, überweise ich dir dann den Erlös. Wenn es in deine Konzeption passt, kannst du im Gegenzug auch meine Pig-

mente und fertigen Farben in Kommission verkaufen.

Ansonsten hoffe ich, dass es dir gut geht und dass wir uns bald einmal wiedersehen. Wie wär's, wenn du mich besuchen kommst? Dann könntest du endlich auch meine Frau Doris und meine beiden Kinder kennenlernen.

Herzlichst, dein Eckhart.

Purpur

Purpur bedeutet Luxus. Könige werden in purpurnen Gewändern gekrönt. Kardinäle tragen Purpur. Purpur war bis in die Jetztzeit hinein die kostbarste Farbe der Welt. Sie herzustellen, war mühsam, zeitraubend und sündhaft teuer. Achttausend im Mittelmeer lebende Purpurschnecken brauchte man, um ein Gramm Purpur zu extrahieren. Unechten Purpur gewann man aus getrockneten weiblichen Schildläusen. Für ein Kilogramm unechten Purpurs musste man rund 140 000 Läuse von den Blättern der Kermeseiche kratzen, auch sehr aufwändig, weshalb auch dieser Purpur sehr teuer war. Seit 1903 wird Purpur synthetisch hergestellt. Umgangssprachlich wird dieser Farbstoff häufig mit fliederblau, karmesinrot, lila und violett gleichgesetzt.

Ich höre meine Frau sagen: „Ich danke Ihnen, Herr Doktor, dass Sie so schnell gekommen sind."

Und schon stehen sie neben mir, meine Doris und Doktor Wilhelm Axmann, ein großer, hagerer Mann im braunen Anzug mit gleichfarbiger Weste, grauen Haaren und einem gepflegten

Backenbart. Er zwinkert Doris zu, reicht mir die Hand und sagt: „Dann wollen wir mal den Unglücksraben untersuchen."

Er wartet keine Antwort ab, nimmt mein rechtes Handgelenk, zieht aus der Westentasche ein Chronometer mit Sekundenzeiger, wie es die Ärzte fürs Pulsmessen benutzen, und meint. „Ihr Puls ist normal und regelmäßig, Herr Ledlein. Schon mal ein Pluspunkt für sie."

Dann begutachtet er mein rechtes Bein, überprüft es auf Verfärbungen, untersucht die Zehen, befragt mich, ob ich Druckstellen oder Schmerzen verspüre, und veranstaltet allerlei Hokuspokus mit mir. Schließlich richtet er sich auf und setzt sich auf den Stuhl, den ihm Doris anbietet.

„Sehr schön, Herr Ledlein", sagt er, „wenn das so bleibt, dann kriegen Sie in etwa drei Wochen einen Gehgips von mir."

„Wird mein Mann wieder, wie er war, Herr Doktor?", fragt Doris besorgt.

Axmann lacht. „Aber ja doch, gnädige Frau. Wenn Ihr Mann brav liegenbleibt, das Bein nicht belastet und keine unvorhersehbaren Komplikationen auftreten, wird er wieder wie ein junger Gott herumhüpfen."

„Darf ich Ihnen einen Kaffee anbieten, Herr Doktor?", fragt Doris. „Und Schweizer Nusstaler hätte ich auch noch."

„Gern", sagt er, „wenn's Ihnen nicht zu viel Mühe macht."

Während Doris im Haus verschwindet, erzählt Axmann, auch er beschäftige sich mit Farben. Er sei beim hiesigen Kunstverein im Vorstand und helfe mit, Bilder einheimischer Maler auszustellen. Sogar zwei Malerinnen würden derzeit ihre Gemälde präsentieren.

„Künstler haben es schwer", sage ich. „Neue Farben und Techniken fordern sie heraus. Nach meiner Beobachtung ist die Welt gerade in allen Lebensbereichen aus den Fugen, sogar in der Malerei."

„Ganz meine Meinung, Herr Ledlein. Die fetten Jahre sind für Maler vorbei. Nur noch selten bestellt jemand ein Bild und gibt auch gleich Bildmotiv und Format, Malstil und Farbwahl vor, wie das bisher üblich war. Heutzutage müssen sich die Maler ihre Kunden selbst suchen. Sie sind darauf angewiesen, ihre Werke einem breiten Publikum vorstellen zu können, immer in der Hoffnung, es interessiert sich jemand für ihre Kunst."

„Vor allem müssen sie sich auf ein anderes Publikum einstellen", gebe ich zu Bedenken. „Bilder von gekrönten Häuptern, großen Schlachten der Weltgeschichte, antiken Ereignissen und biblischen Geschichten sind nicht mehr gefragt. Die Leute bevorzugen heutzutage Bilder, die vom modernen Leben erzählen. Von der Arbeit und der Freizeit, von Plätzen, Straßen und prächtigen Boulevards, von Cafés, Restaurants und Varietés, vom harten Leben auf dem Land und von Segelregatten oder Tanzabenden."

„So habe ich das noch gar nicht betrachtet", räumt Axmann unumwunden ein. „Aber Sie haben recht. Ich habe gehört, dass die Maler in Frankreich mit Staffelei, Leinwand, Pinsel und Farbtuben oder Kreiden unter freiem Himmel arbeiten."

„Ja, sie wollen das pralle Leben mit seinen Stimmungen und Farben einfangen."

„Damit sich diese moderne Malweise auch bei uns verbreitet, sollte Ihre Firma alles offerieren, was ein moderner Künstler braucht", rät mir Axmann.

„Na ja", gebe ich zu bedenken, „ob sich das für mich lohnt? In Erfurt und Umgebung leben nur wenige Künstler. Handwerker hingegen brauchen viele Farben, und Kinder und Schüler auch, aber andere als Künstler. Ich werde Ihren Rat in aller Ruhe bedenken."

Doris kommt, beladen mit einem Tablett, und verteilt Kaffee für Doktor Axmann und sich, Tee für mich und Nusstaler für alle.

„So lässt sich's leben", sagt Axmann und blickt versonnen über mein Grundstück und zur Mühle hinüber. „Ein besonders schönes Fleckchen Erde. Stammt die Mühle aus Familienbesitz?"

Ich erzähle ihm, dass ich die Mühle von meinem Vater übernommen und von einer Ölmühle zu einer Farbenmühle umgerüstet habe.

„Also sind Sie alteingesessener Erfurter?"

„Natürlich. Und Sie, Herr Doktor?"

„Ich komme aus dem Badischen und habe in Heidelberg Medizin studiert. Dann war ich Arzt in Freiburg, habe aber nach Chur in der Schweiz fliehen müssen, weil ich mich an den blutigen Osterkämpfen 1848 beteiligt habe. Zunächst arbeitete ich in der Schweiz als Orthopäde. Dann wurde ich ans hiesige Klinikum berufen, wo ich Sanitätsrat und praktischer Arzt für Orthopädie bin."

„Dann sind wir ja fast Kollegen", sage ich und kann mir ein Lachen nicht verkneifen.

„Wie denn das?"

„Im Schnelldurchlauf: Studium der Theologie in Heidelberg, 1848 in der Studentenlegion, von den Preußen gesucht. Darum Flucht mit Hilfe von Kommilitonen in die Schweiz." Ich muss tief Luft holen, weil mich die Erinnerung übermannt. Ruhig fahre ich fort: „Bei einem Farbenmüller in Graubünden habe ich mein jetziges Handwerk erlernt und bin nach zehn Jahren im Exil hierher zurückgekehrt, als ich unter die Amnestie fiel."

„Sie wollten Pfarrer werden?"

„Ganz recht."

„Und ich wäre am liebsten Bildhauer geworden. Aber mein Vater war dagegen. Brotlose Künstler gäbe es genug, hat er gesagt." Axmann lacht: „Jetzt gipse ich Arme und Beine ein. Das ist ja auch so etwas wie Bildhauerei."

„Das Leben ist ein ewiges Auf und Ab. Damit muss man sich leider abfinden."

„Deshalb darf man sein Schiff nicht an einen einzigen Anker und sein Leben nicht an eine einzige Hoffnung binden, schreibt Epiktet. Mit dem sind Sie gewiss vertraut."

„Bedenke, dass du nur Schauspieler bist in einem Stück, das allein der Spielleiter bestimmt, schreibt Epiktet weiter."

„Sie kennen sich aus, lieber Herr Ledlein. Hochachtung!"

„Ich habe das hiesige Ratsgymnasium besucht und Latein, Griechisch und Hebräisch gebimst. Alles für die Katz. Aber ich will nicht jammern.

Meine Firma läuft noch, auch wenn gerade eine neue Zeit anbricht."

„Sie denken positiv", meint Axmann, „das gefällt mir. Leider muss ich fort. Termine! Aber heute in einer Woche komme ich wieder und bringe mehr Zeit mit. Dann würde ich mich gern in Ihrer Farbenmühle umschauen."

Er gibt mir die Hand und mahnt: „Schön liegenbleiben, Meister. Auf ein gesundes Wiedersehen in einer Woche."

Bei Doris, die ihn bis zur Gartentür begleitet, bedankt er sich für Kaffee und Kekse. Ich höre noch, wie er hinzufügt, er freue sich, in mir einen Gleichgesinnten gefunden zu haben.

Türkis

Türkis ist eine Mischfarbe aus Blau und Grün. Sie ist sehr facettenreich, je nachdem, ob man mehr blaue oder grüne Pigmente nimmt. Mischt man Preußischblau, Phthalogrün und Weiß, entsteht ein dunkles Türkis. Coelinblau, Chromoxydgrün und Weiß ergeben ein helles, leuchtendes Türkis. Cyan zum Beispiel ist ein eher bläuliches Türkis, ebenso wie Aquamarin, ursprünglich aus dem gleichnamigen Edelstein gewonnen, während das Gletschereis eher grünstichig glänzt. Der Türkis („Türkenstein") wurde in der Türkei, in Afghanistan und im Iran in Minen abgebaut und gelangte in der Renaissance über die Türkei nach Europa. Er steht für Klarheit, Freiheit, Selbstbewusstsein, Humor und Charme. Die Apachen trugen türkise Steine um den Hals, die in den Schlachten vor Gefahren schützen sollten. Auch türkische Soldaten verwendeten solche Glücksbringer. Und im alten China bewahrte Türkis vor dem bösen Blick.

Herrlich! Mauersegler fangen Insekten im Flug und gleiten elegant mit offenem Schnabel über mich hinweg. Einen Arm im Nacken schaue ich dem Schauspiel zu und überdenke, was ich heute erlebt und gehört habe. Ob Klara das Tintenrezept schon ausprobiert hat? Was wohl Albert jetzt macht? Und womit beschäftigt sich Georg gerade? Vielleicht beißt er an und vertieft sich in die Chemie der Farben.

Da fällt mir plötzlich ein, dass ich einen vorzüglichen Chemiker ganz gut kenne. Na ja, kannte müsste ich besser sagen. Christian, Sohn des Besitzers der Grünen Apotheke, war mit mir im Ratsgymnasium und saß in der Schulbank vor Ernst und mir. Öfters spielten wir zusammen. Wann immer wir uns trafen, hatte Christian bunte Glasmurmeln in den Hosentaschen. Er brachte Ernst und mir viele Murmelspiele bei. Zum Beispiel zeichnete er mit einem Stöckchen einen kleinen Kreis auf den Boden, und wir mussten versuchen, so viele Murmeln wie möglich in den Kreis zu bugsieren. Oder wir ließen eine Murmel aus Augenhöhe auf den Boden fallen und sollten einen bestimmten Punkt oder eine andere Murmel treffen. Für jeden Treffer gab's einen Punkt. Oder Christian machte mit einem Stecken kleine Vertiefungen in den Boden, und wir mussten aus einer gewissen Entfernung unsere Murmeln in diese Kuhlen hineinrollen. Oder wir warfen, schnippten oder rollten unsere Murmeln an eine Wand. Gewonnen hatte, wessen Murmel am dichtesten zur Wand lag. Damit konnten wir uns stundenlang beschäftigen.

Ich habe gehört, dass Christian inzwischen ein bekannter Chemieprofessor an der Universität Marburg an der Lahn ist. Weil seinem Bruder die väterliche Apotheke versprochen wurde, verließ Christian Erfurt im Zorn, studierte in Wien, lehrte jahrelang in Tübingen und gründete dort eine Familie, bis er schließlich nach Marburg berufen wurde, wo er den Lehrstuhl für Chemie innehaben soll, wenn man den Gerüchten glauben darf. Zur Chemie gehören wohl auch die synthetischen Farbpigmente, wie sie die Firma Dr. Jordan aus Teer herstellt.

Ich überlege hin und her. Würde er mir antworten, wenn ich ihn frage, was er von der Entwicklung der neuen Teerfarben hält?

Einen Versuch könnte es allemal wert sein.

Die Adresse, schießt mir durch den Kopf. Du hast keine Adresse!

Diesen berühmten Mann kennt wohl jeder in Marburg, beruhige ich mich, erst recht an der Universität. Da dürften sein Name, sein Titel Chemieprofessor und Universität Marburg auf einem Briefumschlag genügen.

Ich nehme das Briefpapier und angle mir den Bleistift vom Schemel.

Sehr geehrter Herr Professor, lieber Christian!

Ich hoffe, du erinnerst dich noch an mich und an unsere gemeinsame Zeit im Erfurter Gymnasium. Ich liege gerade auf einer Chaiselongue in meinem Garten. Mein rechtes Bein ist in Gips, weil ich es mir auf der Suche nach pigmenthaltigen Erden gebrochen habe. Und so habe ich viel Zeit, über vergangene Zeiten, meine Arbeit und die Veränderungen in meinem Metier nachzudenken.

Ich nehme an, dir ist schon zu Ohren gekommen, dass ich nicht Theologe geworden bin, weil ich mich in Heidelberg im Verlaufe der badischen Revolution einer Studentenlegion angeschlossen habe und in die Schweiz fliehen musste. Dort habe ich bei einem Farbenmüller gelernt, wie man aus Erden, Pflanzen und Steinen natürliche Farbpigmente gewinnt. Wieder in Erfurt zurück, habe ich die Ölmühle meines Vaters zu einer Farbenmühle umgebaut.

Wenn ich den Fachjournalen und Tageszeitungen glauben darf, dann steht das Zeitalter der Farbe bevor. Die neuen Teerfarben, wie sie die Firmen in Berlin, Höchst und Ludwigshafen herstellen, werden vermutlich schon bald den Markt

überschwemmen, denn sie sind billiger und leuch-
tender als die Naturfarben.

Darum muss ich rechtzeitig mein Farbenange-
bot um diese neuen Kunstfarben erweitern. Des-
halb will ich, sobald es mir möglich ist, nach Ber-
lin reisen, wo ich mich genauer informieren und
gegebenenfalls den Ankauf dieser künstlichen Pig-
mente in großem Stil organisieren kann.

Ich wäre dir sehr zu Dank verpflichtet, wenn du
mir schreiben würdest, wie du die Sache siehst.
Und wenn du doch mal nach Erfurt kommen soll-
test, würde ich mich über deinen Besuch und ein
Wiedersehen freuen. Vergiss bitte nicht, Murmeln
mitzubringen. Dann lade ich Ernst ein, der – wie
du – ein berühmter Mann geworden ist, was du
vermutlich schon weißt. Zu dritt könnten wir mal
wieder ein zünftiges Spiel wagen.

Herzlichst, dein Eckhart

Gerade will ich Papier und Bleistift zur Seite legen, da sehe ich Albert, wie er aus der Mühle
kommt und auf mich zueilt. Ich blicke ihm fragend
entgegen, doch er will nur wissen, ob ich einverstanden bin, wenn er jetzt die gelben und orangefarbenen Mergelknollen, die ich mitgebracht habe,
im Kollergang zerkleinert. Die Eisengallustinte sei

angerührt, und Klara komme mit der Walnusstinte allein zurecht.

Wie sie sich denn macht, will ich wissen. Albert winkt ab. Klara sei nicht auf den Kopf gefallen, sie könne das und brauche keine Hilfe.

„Übrigens", fällt mir ein, als Albert wieder gehen will, „haben wir noch genug rote Tinte?"

„Nicht mehr viel. Soll ich welche machen?"

„Wenn Klara mit der Walnusstinte zurechtkommt, dann könnte sie doch auch rote Tinte herstellen. Was meinst du?"

„Das schafft sie im Handumdrehen. Die Arbeitsschritte sind ja dieselben. Sie muss nur Zinnober oder Mennige statt Walnussschalen nehmen."

„Richte ihr bitte Zinnober her, das ist dunkler als Mennige. Du weißt doch, dass die meisten Kunden eine kräftige rote Tinte wollen. Aber damit soll sie erst morgen oder übermorgen beginnen, wie sie gerade Zeit hat."

Ich lege mich zufrieden wieder zurück. Dass mir das nicht schon früher eingefallen ist?

Die Gera rauscht und sprudelt, sie rieselt und gluckst, sie gurgelt und plätschert. Ich höre meinem Fluss gerne zu, wenn er von seiner Reise erzählt, dem Dahingleiten der Zeit und dem Auf und Ab des Lebens. Wenn er die vielen Hemmnisse beklagt und über die Lasten seufzt, die er mitschleppen muss. Wenn er fleht, endlich die vielen Barrieren und Hürden aus dem Weg zu räumen.

Wasser ist Urstoff, lebensspendender Urquell seit Anbeginn der Welt. Nach der altgriechischen Philosophie stammt alles Leben aus dem Wasser, das zugleich Symbol der Reinheit sei, wie die Taufe. Wo der Fluss versiegt und das Wasser versickert, da wächst nichts mehr, da herrscht die Wüste und letztlich der Tod. Deshalb freue ich mich, wenn mein Fluss munter gluckst und braust und mir mal leise, mal laut vorsingt, dass er langsam, aber stetig an der Zeit nagen und den Wandel befördern muss. Ich will meinem Fluss gehorchen und ihn bitten, er möge mich auf meinem Weg zu Veränderungen begleiten.

Klara kommt, ein großes Glas im Arm. Sie strahlt schon von Weitem.

„Schau, Papa!" Sie streckt mir ihre erste Tintenproduktion entgegen. „Albert sagt, er kann damit dreißig Tintengläschen abfüllen."

„Das hast du großartig gemacht. Ich danke dir, liebe Klara. Der Erlös dieser Tinte gehört dir, großes Ehrenwort."

Sie zieht aus ihrer Rocktasche ein Kartenspiel. „Spielst du mit mir Quartett, Papa?" Sie wartet meine Antwort nicht ab und mischt die Karten.

„Um was geht es denn?"

Sie setzt sich auf den Stuhl und schiebt den kleinen Tisch zu mir hin. „Geografie von Deutschland. Das Quartett hat mir Onkel Matthias zum Geburtstag geschenkt."

„Und wie spielt man das?"

„Du bekommst zehn Karten, ich auch." Sie legt meine Karten vor mich hin, zählt sich selbst zehn in den Schoß und legt die restlichen gestapelt und verdeckt auf den Tisch. „Wer nach einer Karte fragt, die der andere nicht hat, muss die oberste Karte vom Stapel nehmen."

Ich schaue meine Karten durch. „Nur deutsche Städte?"

„Ja, achtzig Städte aus zwanzig deutschen Ländern. Zu jedem Land gibt es vier Karten. Breslau, Köln, Erfurt und Stettin sind die preußischen Städte. Und zu Württemberg gehören Tübingen …", Klara schaut kurz in der Beschreibung nach, „ … Heilbronn, Eßlingen und Ulm."

Ich staune. Meine Klara kennt viele Städte, etliche sogar auswendig.

„Du musst versuchen, so viele Quartette wie möglich zusammenzukriegen, Papa."

Ich habe zwei bayerische Karten. Königreich Bayern steht fettgedruckt auf beiden, darunter die Namen der vier Quartett-Städte: Regensburg, Augsburg, Nürnberg und Speyer. Auf meiner Regensburger Karte lese ich, diese Stadt sei wegen ihrer gewaltigen Donaubrücke bekannt, soll acht Mal vom Feuer zerstört worden sein und biete die beste deutsche Küche. Und auf der Nürnberger Karte ist vermerkt, hier sei die Heimat Albrecht Dürers und das Zentrum der deutschen Spielzeugfabrikation.

Ich brauche also noch die Karten von Augsburg und Speyer. „Klara, mir fehlt die Karte von Speyer. Gibst du sie mir?"

„Habe ich aber nicht." Klara lacht mich schadenfroh an. „Gut gemischt, gell?" Sie deutet auf den Stapel: „Du musst jetzt die oberste Karte nehmen."

Pink

Pink, englisch für „Nelke", bezeichnet erst seit fünfzig Jahren auch im Deutschen einen Farbton. Doch während Pink in England ein mit viel Weiß abgetöntes Rot meint, versteht man bei uns darunter ein kräftiges, blaustichiges Rot, in das oft Ocker eingemischt ist. Gibt man Braun hinzu, entsteht ein dunkles Pink. Es gehört zur Farbgruppe Violett und gilt als feminine Farbe, die typisch weibliche Eigenschaften wie Sanftheit, Zartheit, Anmut und Charme ausstrahle. Vor rund hundert Jahren waren pinke Kleider der allerletzte Modeschrei. Barbiepuppen tragen sie heute noch. Ist diese Modefarbe nun aus der Zeit gefallen, oder entfacht sie eine neue Begeisterung? Pink wirkt fröhlich und lebhaft. Es kann positive Emotionen hervorrufen und eine heitere Atmosphäre schaffen. Pink gilt als Farbe der Hoffnung bei Brustkrebs, denn „to be in the pink" bedeutet: gesund und munter sein. Und „to see pink elephants" wird mit „weiße Mäuse sehen" übersetzt.

Lange Sonnenstrahlen kriechen über das Dach der Mühle. Mit ihnen gehen meine Gedanken auf

Wanderschaft. Was hätte ich in den kommenden Tagen erledigen müssen? Was kann ich tatsächlich tun? Eigentlich lägen arbeitsame Wochen vor mir. Himmel hilf!

Jetzt nicht, weise ich die quälenden Gedanken zurecht! Später kümmere ich mich um euch!

Allmählich spüre ich, wie ich mich entspanne. Wie meine Arme und Beine schwer werden. Wie mich ein warmes, zufriedenes Gefühl erfüllt. Weiß ich doch, dass meine Frau und meine Kinder mir helfen werden, diese wirren Zeiten zu überstehen.

Ich schließe die Augen und höre den Spatzen zu. Sie haben sich viel zu erzählen. Sie können den Schnabel nicht halten. Ununterbrochen zwitschern sie sich den neuesten Tratsch zu. Hier und da pfeift ein Spatzenmännchen, weil es ein Weibchen anlocken will. Gelassen bleiben, heiter bleiben und uns zuhören, rufen sie mir zu. Vertraue uns, wissen wir doch, wie man auch ohne Erspartes durch einen strengen Winter kommt.

Von irgendwoher erklingt eine wundersame Melodie. Eine Tür geht auf, und ich stehe in einem prächtigen Schlosshof. Ich drehe mich im Kreis und bewundere die vielen offenen Fenster, aus denen es in allen Farben leuchtet.

Ein livrierter Lakai eilt auf mich zu und will meine Eintrittskarte sehen.

„Moment", sage ich, „das haben wir gleich."

Ich suche und suche. Vergeblich! Und jetzt?

„Papa!", ruft Klara über den Hof. „Komm endlich!"

„Ich finde die Eintrittskarten nicht!"

„Die hab doch ich!" Klara rennt über den Hof, hält dem Livrierten die Karten unter die Nase und hakt sich bei mir unter. „Wo warst du denn so lange? Ich warte schon eine geschlagene Stunde auf dich."

„Verzeih, mein Liebes. Zusammen mit Albert habe ich Eisengallustinte hergestellt und dabei nicht auf die Zeit geachtet."

Sie spendet mir ein verzeihendes Lächeln. Arm in Arm folgen wir dem Lakaien, der uns eine schmale Pforte öffnet und sagt: „Bitte gehen Sie in den zweiten Stock."

Wir steigen die Wendeltreppe hinauf. *Grün ist die Farbe des Lebens* steht an der einzigen Tür.

Ich drücke sie mit Mühe auf und zucke zurück. Schwüle Luft nimmt uns augenblicklich den Atem.

„Bitte weitergehen!", befiehlt uns eine schrille, heisere Fistelstimme. „Immer weitergehen und nicht stehenbleiben!"

Wir sind mitten im Urwald. Ein Pfad führt uns an seltsamen Bäumen mit riesigen Blättern vorbei.

Mannshohe Blumen tragen pinkfarbene Blüten, die einen betörenden Duft verströmen, als hätte man alle Gewürze dieser Welt über uns ausgeschüttet. Affen kreischen. Auf einem Ast räkelt sich eine smaragdgrüne Schlange.

Klara nimmt meine Hand. Offensichtlich fürchtet sie sich vor dieser grünen Hölle.

„Grün ist die Natur", schnarrt die Fistelstimme. „Grün ist auch die Hoffnung. Und Grün ist das Zentrum, die Mitte zwischen Rot und Blau."

Klara ist wie gelähmt. Ich muss sie ziehen, sonst würde sie sich nicht mehr vom Fleck rühren.

Plötzlich hängen saftgrüne Moosfäden und armdicke Lianen von den Bäumen und bilden eine enge Tunnelröhre. Giftgrüne Frösche hüpfen über uns hinweg. Der Pfad wird glitschig.

„Papa, du hast immer gesagt, dass Grün beruhigt", flüstert mir Klara vorwurfsvoll zu. Sie ist ganz blass im Gesicht und sichtlich angespannt.

Im selben Moment weitet sich unser Blick. Wir stehen auf einer blühenden Wiese im vollen Sonnenlicht.

„Ich habe mal gelesen, dass die Pygmäen in Afrika fünfzig verschiedenerlei Grüntöne unterscheiden können", erkläre ich meiner Tochter.

Sie fängt an, allerlei Grün aufzuzählen: „Grasgrün, lindgrün, spinatgrün, gurkengrün …"

„Du bist mir eine schöne Gurke, meine Liebe. Gurkengrün gibt's doch gar nicht."

Sie lacht und fährt fort: „Maigrün, junigrün, juligrün …"

„Witzbold! Jetzt fehlt bloß noch frühlingsgrün, sommergrün, herbstgrün, wintergrün."

Von oben herab belehrt uns die namenlose Stimme: „Grün sind die Wiesen. Grün sind die Wälder. Bitte weitergehen!"

Vor uns blinkt ein blaues Licht. Wir gehen darauf zu. Über der Tür steht: *Blau bedeutet Ferne, Weite und Unendlichkeit.* Sie öffnet sich von selbst. Ein bestialischer Gestank schlägt uns entgegen.

Männer, die Gesichter blau gefärbt, stehen in Bottichen und zerstampfen mit nackten Füßen, bis zu den Oberschenkeln blau verfärbt, blaugrüne, lange Waidblätter in einer stinkenden, gelblichen Brühe.

„Urin löst die blaue Farbe aus den Waidblättern", erklärt die Fistelstimme. „Der Färberwaid hat einst Erfurt reich gemacht."

Wir halten uns die Nasen zu und eilen in den nächsten Raum. Beim Eintreten sehen wir einen Mann, der gefesselt und mit verbundenen Augen auf einem Stuhl sitzt. Neben ihm steht ein grimmig dreinschauender Hüne, er stützt sich auf ein langes

Schwert. Ein schwarz Gekleideter stellt sich, eine Papierrolle in den Händen, vor den Gefesselten hin und liest vor: „Eugen Bayer wird zum Tode durch das Schwert gerichtet, hat er doch gewagt, die verbotene blaue Teufelsfarbe Indigo aus England einzuführen und den hiesigen Waidhandel zu schädigen."

Voller Panik lässt Klara meine Hand los und stürmt in den nächsten Saal. Über dem ist zu lesen: *Gelb ist das Licht und der Neid.* Gleißendes Licht umfängt uns. Wir beschatten unsere Augen und können Frauen erkennen, die goldgelbe Fäden aus Krokusblüten zupfen.

„Hunderttausend Blüten ergeben ein Kilogramm Safran", krächzt die unbekannte Stimme. „Alle geächteten Kreaturen müssen etwas Gelbes tragen: Prostituierte ein gelbes Kopftuch. Frauen mit unehelichen Kindern eine gelbe Haube. Juden einen gelben Stern. Ketzer ein gelbes Kreuz. Geächtete müssen hinter gelben Türen wohnen. Und wo die Pest ausbricht, muss eine gelbe Fahne gehisst werden."

Klara schüttelt den Kopf. „Glaub ich nicht. Gelb verkündet doch Lebensfreude."

Als habe die Fistelstimme uns belauscht, belehrt sie uns: „Gelb ist eine zwiespältige Farbe. Sie steht für Klugheit und Erleuchtung, aber auch für

Verachtung und Angeberei. Gelb ist, wie Braun, eine unbeliebte Farbe."

Klara widerspricht: „Gelb ist der Honig, und ich mag Honig. Gelb sind auch die Schlüsselblumen, und ich liebe Schlüsselblumen. Und gelb ist die Sonne. Von mir aus kann sie Tag und Nacht scheinen."

Die Fistelstimme doziert: „Die Engländer behaupten, gelb bedeute so viel wie feige. Die Franzosen sagen, wer unsicher ist, der lacht sich gelb. Und für die Russen ist ein gelbes Haus ein Irrenhaus."

„Jetzt reicht's!", sage ich und schiebe meine Tochter auf die nächste Tür zu. Darüber steht: *Am Anfang war das Rot.*

Wir sind in einem Hörsaal gelandet. Vor uns steht, mit dem Rücken zu uns, ein Mann mit Bart, ganz in Schwarz gekleidet. Er stützt sich auf ein Stehpult. Eben verkündet er seine Weisheiten. Vor ihm und uns türmen sich die Sitzbänke der Studenten im Halbkreis übereinander, bis auf den letzten Platz mit jungen Männern besetzt, die eifrig mitschreiben.

„In allen Kulturen dieser Welt war Rot die erste Farbe, die einen Namen bekam", schnarrt der Schwarzgekleidete sein Manuskript herunter. „In vielen Sprachen gibt es für Rot und Blut nur ein

Wort. Und in einigen ist Rot gleichbedeutend mit bunt. Alle Leidenschaften des Menschen werden mit Rot verbunden: die Aufregung, die Impulsivität, die Wut, der Zorn, die Rache, aber auch die Liebe. Deshalb ist Rot die beliebteste aller Farben, sowohl bei Männern als auch bei den Frauen. Das Blut steigt in den Kopf. Man wird rot im Gesicht. Man wird verlegen. Man schämt sich. Man wird zornig. Das edelste Rot aber ist das Purpurrot. Es wurde einst aus Schnecken und Läusen gewonnen. Purpur ist die Farbe der Könige und Kardinäle. Purpur ist die Farbe der Macht."

Das ist zwar alles richtig, denke ich mir, aber unvollständig. Immerhin ist Rot auch die Farbe der Revolution und der Freiheit. Ich weiß es doch ganz genau, denn damals war ich in Heidelberg dabei. „Nein, nein!", schreie ich in den Saal …

„Du hast wohl schlecht geträumt", sagt eine männliche Stimme.

Ich blinzle gegen die Sonne. Neben mir steht ein Mann in blauer Uniform. Bei näherem Hinsehen erkenne ich Friedhelm, den Postboten. Die markante Mütze mit festem Schirm gibt ihm ein unverwechselbares Äußeres, gleißt doch das Emblem der Reichspost mit dem kaiserlichen Wappen in der Sonne. Über seiner Schulter hängt eine schwere Tasche aus Leder.

„Hab schon gehört, was passiert ist, Eckhart. Tut mir leid für dich."

Er öffnet die große Umhängetasche und drückt mir einige Briefe in die Hand. „Ich wünsch dir gute Besserung."

„Bist du gern bei der Reichspost, Friedhelm?"

„Und ob!" Friedhelm stellt sich in Pose. „Das ist kein lahmer Haufen mehr wie früher. Bei uns geht es jetzt zack-zack. Neuerdings muss ich immer mehr Postkarten mit Bildchen drauf austragen. Und manchmal sogar Telegramme."

Ja, denke ich mir, die Post und die Bahn stehen für Fortschritt. Auf Briefe muss man Briefmarken kleben. Die Reisenden steigen nicht mehr in die Postkutsche, sondern in die Eisenbahn. Für den Weg von Frankfurt hierher nach Erfurt benötigte man früher drei bis vier Tage, eingepfercht in ein enges, unbequemes, rumpeliges Gefährt. Heute sitzt man bequem in der Main-Weser-Bahn und landet wenige Stunden später hier.

„Jetzt muss ich aber weiter." Friedhelm salutiert, zieht seine Mütze und sagt: „Immer zu Diensten."

Ich sehe die Post durch. Sofort erkenne ich die Handschrift meines alten Freundes und Gefährten Alexander aus Heidelberger Studentenjahren, der dort eine Druckerei betreibt. Dass er mir wieder einmal schreibt, erfüllt mich mit großer Freude.

Mein lieber Freund Eckhart!

Entschuldige bitte, dass ich so lange geschwiegen habe. Viel Arbeit, aber das kennst du ja.

Wir leben in einer Zeit des Umbruchs. Hatten wir damals in Heidelberg nicht von Veränderungen geträumt? Jetzt sind sie da! Geeintes Deutschland! Deutscher Kaiser! Deutsche Post, deutsche Eisenbahn, deutsche Währung und vieles mehr. Doch die Freiheiten, von denen wir damals träumten, hat man uns nicht gewährt. Noch sitzen überall die alten Mucken, wie wir damals spotteten, und gönnen uns kein Plätzchen an der Sonne. Oder wie siehst du das? Na ja, wenigstens leben wir im Frieden.

Auch meine Welt ist im Umbruch. Da geht gerade die Post ab, so sagt man doch. Neulich habe ich mir einen modernen Druckapparat angeschaut. Unglaublich, was der schafft. Heinrich Heines Liebesgedichte hat der in Nullkommanichts ausgespuckt! Beste Qualität! Ich überlege hin und her, wie ich mir eine solche Maschine leisten könnte. Ich nehme an, dass dich in deinem Gewerbe ähnliche Sorgen umtreiben.

Da schuften die Menschen tagein, tagaus in den Fabriken, und dann verlieren sie ihre Arbeit, weil eine Maschine angeschafft wurde. Und wenn sie doch bleiben dürfen, müssen sie sich für noch weniger Geld im Rhythmus der Maschine abhetzen. Gewiss, hier bei mir sieht man kaum noch Bettler auf den Straßen, doch Arbeit ist nicht Arbeit. Viele können sich mit ihrer Arbeit nicht einmal mehr ihr Leben verdienen. Ich frage mich jeden Tag, ob das der Fortschritt ist. Die kleinen Leute sind sehr unzufrieden. Man munkelt sogar schon wieder über Umsturzpläne.

Ich hoffe, wenigstens dir geht es gut. Und ich hoffe, dass deine Firma diese stürmischen Zeiten übersteht.

In alter Freundschaft verbunden, verbleibe ich mit den besten Grüßen,

dein Alexander

Ich falte den Brief wieder zusammen. Überall dasselbe! Wandeln oder weichen! Gibt es überhaupt noch irgendein Gewerbe, das keine Probleme hat? Gewiss, Fortschritt bringt nicht nur Wohlstand mit sich, sondern zieht auch neue Entbehrungen und Sorgen nach sich. Aber was wäre, wenn ich mich dem Fortschritt verweigern würde?

Hätte ich dann nicht noch mehr Probleme und Sorgen am Hals?

Alexander hatte in Heidelberg Philosophie und schöne Literatur studiert. Drei Jahre älter als ich, hatte er sich in die Tochter eines Heidelberger Druckereibesitzers verliebt. Eigentlich wollte er Journalist und Schriftsteller werden, doch auch er hatte sich der Studentenlegion angeschlossen und musste vor den Preußen fliehen. Nach Exiljahren in Lothringen kehrte er nach Heidelberg zurück, heiratete seine Liebste und wurde wenig später Inhaber der Druckerei.

Mit Alexander habe ich nächtelang über Deutschlands Weg zur Demokratie diskutiert. Wir kamen zum Ergebnis, von den gekrönten Häuptern in Europa sei niemand bereit, die Macht mit dem Volk zu teilen. Weder Sachsenkönig Friedrich August II., noch Preußenkönig Friedrich Wilhelm IV., noch Zar Nikolaus I. von Russland und erst recht nicht Kaiser Ferdinand I. von Österreich mit seinem Kanzler Metternich. Diese Tyranneien ließen sich, davon waren wir felsenfest überzeugt, letztlich nur gewaltsam beseitigen.

Wir übersahen im Überschwang unserer Begeisterung jedoch, dass sich viele Menschen vor Reformen und Neuerungen fürchten. Häufig gehen gerade diese Leute auf die Barrikaden, damit ja nichts Neues entsteht, sondern alles beim Alten bleibt. Die Fortschrittsverweigerer gebärden sich oftmals radikaler als die Neuerer. Mit Beleidigungen, Drohgebärden und Gewaltexzessen kämpfen sie gegen jede Veränderung. Alles soll so bleiben, wie es war.

Erst in jenem Jahr, in dem ich bei Anton Stohler in der Schweiz mein neues Handwerk erlernte, habe ich das begriffen. Umso mehr hat es mich erstaunt, dass die Schweizer friedlich und ohne Blutvergießen grundlegende Neuerungen einführen konnten, die jedem deutschen Revolutionär zur Ehre gereicht hätten.

Grau

Grau ist die Mitte zwischen Weiß und Schwarz. Grau steht für Alter, Vergesslichkeit, Armut und Bescheidenheit. Im Grau ist der Schmutz weniger sichtbar, weshalb vieles grau gefärbt wird, zum Beispiel Arbeitskleidung, Büros, Küchenschränke, Sofas, Teppiche, Autos. Im 19. Jahrhundert mussten die aus ärmlichsten Verhältnissen stammenden Grisetten, die grau Gekleideten, meist in finsteren Kammern hausen und für miserablen Lohn im Haushalt, in der Wäscherei oder in der Fabrik schuften. Viele Tiere sind grau, weil sie sich tarnen, nicht auffallen wollen. Grau wirkt oft langweilig, nicht Fisch, nicht Fleisch, oder strahlt – sachlich formuliert – Neutralität, Stabilität und Ruhe aus. Grau ist die Farbe des Kompromisses, der Weisheit, des Gleichgewichts. In der Mode steht Grau für angepasste Mittelmäßigkeit. Deshalb bezeichnet man die Strippenzieher im Hintergrund als „graue Eminenzen", haben sie doch großen Einfluss, treten aber kaum in Erscheinung, weil sie sich mittelmäßig kleiden und verhalten.

„Eckhart!" Am Zaun steht ein Mann, aber ich kann ihn im Gegenlicht nicht erkennen.

„Ich bin's, der Fritz."

„Komm herein!"

Er kommt. Seine Bestürzung kann ich in seinem Gesicht lesen.

„Bitte setz dich!"

Ich berichte, was passiert ist. Er hört aufmerksam zu. Fritz ist zwei Jahre älter als ich. Er entstammt einer sehr armen Familie. Sein Vater war Tagelöhner, und seine Mutter verdiente mit Häkeln und Stricken etwas hinzu.

Ich muss noch sehr jung gewesen sein, als ich ihn kennenlernte. Zur Schule ging ich damals noch nicht. Es war kurz vor Nikolaus. Ich hatte mir an der Gera dünne Ruten für mein Gabenhaus geholt. Zu jener Zeit war das Gabenhaus für uns Kinder noch eine wichtige Sache. Es war schon etwas Besonderes, wenn ein Kind kein solches Haus hatte. Man müsse es aber selbst bauen, sonst hinterlasse der Nikolaus nichts, sagten die Eltern. Ich hatte schon Blätter gesammelt und in den Garten getragen. Jetzt musste ich nur noch die Weidenruten mit dem einen Ende in den Boden stecken, sie tüchtig biegen und das andere Ende so nahe herankrümmen, dass ein tunnelartiges Gewölbe entstand, das ich dann mit Laub abdecken und mit Moos auspolstern wollte.

Natürlich sollte mein Gabenhaus das schönste sein. Doch so sorgfältig ich die Ruten auch immer bog, im letzten Augenblick brachen sie ab. Ich versuchte es immer wieder. Vergeblich. Entmutigt schaute ich mich um.

Da entdeckte ich einen Jungen, der nur dastand und von weitem zuschaute. Ohne ein Wort zu sagen, kam er heran, verdrehte eine der Ruten ein wenig, damit sie gelenk wurde, und wirklich, nun hielt sie und alle anderen auch. Mein Nikolaushaus war gerettet. So aus Spielerei baute auch der Junge aus den übrigen Ruten und dem umliegenden Laub ein zweites, und ich musste ehrlich gestehen, seines war schöner als meines.

„Du hast das halt schon öfter gemacht", sagte ich zu ihm.

„Nein, noch nie", behauptete er. „Mir bringt der Nikolaus nichts."

Das erschien mir ungeheuer und unglaublich. Ich erzählte es abends meiner Mutter, doch sie meinte, es sei gut möglich, denn die Leute seien sehr arm. Der Nikolaus komme nicht zu allen Kindern.

Am Nikolausmorgen war ich natürlich früh wach. Ich schaute durchs Fenster. Es hatte in der Nacht ein wenig geschneit. Im Schnee erkannte ich Spuren im Garten.

„Der Nikolaus war da! Der Nikolaus war da!", jubelte ich.

„Erst warm anziehen, sonst erkältest du dich", befahl meine Mutter.

Endlich stürzte ich mit Geschrei hinaus und war bass erstaunt. Nicht nur mein Nikolaushaus war voller Gaben: Nüsse, eine Orange, zwei Äpfel, ein großer Lebkuchen und ein schokoladener Nikolaus. Auch im zweiten lagen die gleichen Gaben. Meine Mutter war darüber weniger erstaunt als ich. Nun solle ich schnell den Buben holen, meinte sie, ihm aber nichts verraten. Ich habe mich sehr über mein volles Gabenhaus gefreut, aber die Freude von Fritz war noch viel größer. Er stand bloß da und staunte.

„Darf ich das heimnehmen und meiner Mutter zeigen?", fragte er nach einer Weile unsicher. Mutter nickte. Glückselig zog er ab.

Meine Mutter stand da und sagte nichts, aber ich sah, dass sie Tränen in den Augen hatte. Darüber erschrak ich.

„Tut dir was weh?", fragte ich.

„Nein", sagte sie und schüttelte den Kopf.

„Aber warum weinst du dann?"

„Vor Freude", sagte sie. Dass man vor Freude weinen kann, war mir neu.

Meine Frau bringt auf einem Tablett grünen Tee und Gebäck. Das stellt sie vor uns ab und begrüßt Fritz mit Handschlag: „Willkommen, Fritz. Du kommst zur rechten Zeit. Eckhart kann etwas Aufmunterung gebrauchen."

Fritz, kein Mann der vielen Worte, sieht Doris dankbar an und nimmt eine Tasse Tee entgegen. Seit jenem Nikolaus bin ich mit ihm befreundet, und auch Doris mag den bescheidenen Mann, der fleißig ist und sein Leben in beide Hände genommen hat. Sein Vater konnte kein Lehrgeld aufbringen, doch Fritz hat inzwischen seinen Weg auch ohne Ausbildung gemacht. Er wird im Comthurhof bei der Firma Boettger sehr geschätzt. Die stellt Geldschränke her sowie Eisenkassetten, feuerfeste Eisentüren und führt auch Kunst- und Bauschlosserarbeiten aus. Auf der Weltausstellung in Wien vor zwei Jahren wurde die Firma Boettger mit einer Goldmedaille ausgezeichnet.

„Wo kommst du gerade her?", frage ich ihn.

„Von der Frühschicht."

„Aber die ist doch längst vorbei."

„Ich habe noch ein paar Besorgungen in der Stadt gemacht und meine Frau aufgesucht."

Ich nicke, seine Frau arbeitet als Wäscherin und Büglerin in einem Geschäft an der Krämerbrücke.

Fritz betrachtet nachdenklich mein eingegipstes Bein. „Wann darfst du wieder aufstehen?"

„Wenn ich einen Gehgips habe. Vielleicht in drei Wochen. Mal sehen, was Doktor Axmann sagt."

„Da hat dein Albert aber viel zu tun, wenn du nicht mithelfen kannst."

Ein verwegener Gedanke schießt mir durch den Kopf. „Sag mal, Fritz. Gesetzt den Fall, ich muss länger liegen, würdest du dann …"

Fritz hat kapiert, bevor ich meinen Satz beendet habe. „Du kannst immer auf mich zählen. Mit dir zu arbeiten, das wäre sehr schön."

Albert wird demnächst siebzig. Er hat schon angekündigt, dass er vielleicht schon bald nicht mehr so viel arbeiten kann.

„Was verdienst du im Monat?"

„Achtundfünfzig Reichsmark."

„Wenn du bei mir arbeitest, zahle ich dir siebzig. Versprochen!"

„Gibt das deine Mühle her?"

„Ich werde demnächst mein Geschäft erweitern. Du wirst schon sehen."

Grün

*Grün ist die Vegetation, der Frühling und die auf-
keimende Liebe. Grün ist das Leben und das Paradies. Grün ist die häufigste Farbe der Welt. Mo-
hammed trug einen grünen Mantel und einen grünen Turban, deshalb sind die Flaggen vieler isla-
mischer Staaten grün. Grün ist auch die Farbe Ir-
lands. Grün symbolisiert Hoffnung und Zuversicht, Wachstum, Ruhe und Gesundheit. Zugleich
weisen die Schimpfwörter „Grünschnabel" und
„Greenhorn" auf Unreife und Unerfahrenheit hin.
Grün steht als Mischfarbe in der Mitte zwischen
Gelb und Blau. Natürliche grüne Pigmente gewinnt man bis heute aus verschiedenen Erden. Berühmt ist das Veroneser Grün. Die Mischung aus
Kadmiumgelb, Zitrone und Kobaltblau ergibt ein
leuchtendes Grün. Kadmiumgelb und Kobaltblau
bringen ein gedämpftes Grün hervor, das auch als
Moosgrün bekannt ist. Aus Kadmiumgelb und Ult-
ramarin entsteht Olivgrün.*

Ich höre eine Kutsche vorfahren. Schon wieder
Besuch? Wer mag das sein?

Ich höre Albert sagen: „Nein, er liegt noch im Garten." Dann Klaras Stimme: „Ich bring Sie zu ihm."

Und schon kommt Ernst mit großen Schritten auf mich zu. Klara begleitet ihn.

„Da bin ich wieder, lieber Eckhart", sagt er. „Dich so malad zu sehen, tut mir in der Seele weh. Darum möchte ich dir und insbesondere Klara einen Vorschlag machen."

„Nur zu, mein Freund, aber erst setz dich bitte hin, sonst habe ich das Gefühl, ich wäre noch kränker als ich bin."

Er nimmt einen Stuhl und stellt ihn direkt neben das Kopfende der Chaiselongue. Klara setzt sich zu mir auf die Liege.

„Kurz und gut, wie wäre es, wenn Klara bei mir in die Lehre geht? Ich würde sie auch in den Versandhandel einführen."

Ich bin sprachlos. Ernst lächelt. Klara sieht mich fragend an.

Mit einem Schulterzucken deute ich ihr an, dass ich von Ernsts Angebot ebenso überrascht bin wie sie.

„Aber die Schule darf ich noch zu Ende machen?" Klara blickt Ernst ruhig an. Offensichtlich ist sie nicht abgeneigt, sich alles genau zu überlegen.

„Natürlich!" Ernst sagt es mit großem Nachdruck. „Für einen kaufmännischen Beruf brauchst du sowieso eine Schulbildung auf Niveau der Mittleren Reife. Sonst dürftest du gar nicht bei mir anfangen, weil du keine Prüfung zur Kaufmannsgehilfin ablegen könntest."

„Kaufmannsgehilfin? Was, bitte, ist das?"

„Das ist jemand, der eine kaufmännische Lehre bestanden hat, sozusagen ein Kaufmann in Wartestellung." Ernst mustert meine Tochter, als wolle er sie taxieren. Das hat er schon in der Schule so gemacht, wenn er sagen wollte: Donnerwetter, das hätte ich nicht erwartet. „Erst wenn sich ein Kaufmannsgehilfe selbstständig macht, ist er Kaufmann."

„Und was lerne ich bei Ihnen in der kaufmännischen Lehre?"

Es ergötzt mich, Ernst so verblüfft zu sehen. Er berappelt sich aber schnell und sagt: „Drei Dinge: gewissenhafte Führung der Bücher, Schriftverkehr mit Kunden und Lieferanten und akkurate Lagerung der Warenbestände."

Klara nickt vor sich hin. Sie überlegt, wirft mir einen nachdenklichen Blick zu, dann sieht sie wieder Ernst an: „Wie lange dauert die kaufmännische Lehre?"

„Mindestens drei, höchstens fünf Jahre."

„Wovon hängt das ab?"

„Wie schnell und wie gut du lernst. So wie ich dich kenne, wirst du das spielend in drei Jahren hinkriegen. Oder was meinst du, Eckhart?"

„Meine Tochter ist klar im Kopf. Nicht umsonst heißt sie Klara. Sie nimmt es mit jedem Jungen in ihrem Alter auf. Wenn sie will und darf, schafft sie die Lehre auch in weniger als drei Jahren."

Klara fragt: „Ich wäre also drei Jahre in Ihrem Büro?"

Ernst schüttelt den Kopf: „Nein, nicht nur im Büro. Du würdest alle Bereiche meiner Firma kennenlernen, vor allem die Versandhalle. Die ist das Herzstück meiner Firma. Und einen Tag in der Woche müsstest du eine Handelsschule besuchen. Und ich würde dir ein paar kaufmännische Bücher leihen, die du durcharbeiten müsstest."

„Na ja, Langeweile kommt da bestimmt nicht auf." Klaras Neugier ist offensichtlich erwacht. „Können Sie mir sagen, welche Fächer man in dieser Schule hat?"

Ernst lacht. „Du willst es aber genau wissen. Das freut mich."

„Jammern, wenn's zu spät ist, ist nicht meine Sache", erwidert Klara.

Potzblitz, denke ich mir, halte aber den Mund, erst fünfzehn und schon so lebensklug.

„Ich glaube, Handelskorrespondenz ist eines der Hauptfächer."

„Was ist das?"

„Kaufmännischer Schriftwechsel auf Deutsch und Englisch." Ernst denkt kurz nach und ergänzt dann: „Buchhaltung, kaufmännisches Rechnen, Warenkunde, Geld- und Wechselgeschäfte stehen bestimmt auch auf dem Stundenplan."

Klara nickt, obwohl sie vermutlich nicht genau weiß, was das bedeutet. Aber sie gibt sich mit der Auskunft zufrieden.

„Sag mal", mische ich mich ein, „gibt es hier in Erfurt überhaupt eine solche Schule?"

„Sogar zwei. Die Höhere Handelsschule am Rossmarkt, die überwiegend von Jungen besucht wird, und die Handelsschule für Schülerinnen, gleich beim Dom um die Ecke."

„Welche ist besser?", löchere ich meinen alten Schulfreund.

„Die am Rossmarkt."

„Da, wo gerade der große Herrmannsbrunnen eingeweiht worden ist?"

„Genau da! Doktor Moritz Wahl leitet die Höhere Handelsschule. Du kennst ihn bestimmt."

Natürlich ist mir Doktor Wahl bekannt. Er ist eine der führenden Persönlichkeiten unserer Stadt.

„Meine Freundin hat mir erzählt", Klara lässt nicht locker, „dass ihr Vater Lehrgeld zahlen muss. Wieviel müsste Papa für meine Ausbildung zahlen?"

Ich spüre, dass Klara sich sorgt, ihre Ausbildung könnte mich überfordern, zumal ich gerade meine Firma umbauen will.

Auch Ernst hat die Frage wohl so verstanden, denn er zuckt die Achseln, als wolle er andeuten, die Lehre werde uns gewiss nicht über Gebühr belasten. „Die Details habe ich mir noch nicht überlegt", sagt er nachdenklich. Und an Klara gewandt: „Aber in deinem Fall würde ich auf das übliche Lehrgeld verzichten und dir sogar ein monatliches Taschengeld zahlen. Das darfst du aber niemand verraten. Du könntest weiterhin zuhause wohnen und bei uns zu Mittag essen. Und abends würde ich dich rechtzeitig heimschicken, damit du deinem Vater schon während deiner Ausbildung zur Hand gehen kannst."

„Das ist ein sehr großherziges Angebot, lieber Ernst." Ich bin ganz gerührt. „Ich danke dir sehr."

Ernst macht eine abwehrende Geste. „Keine großen Worte, mein Lieber. Pauperis est numerare pecus – nur der Arme zählt seine Schafe, haben wir von Ovid gelernt. Also werde ich dir helfen, wo immer ich kann."

Klaras Augen leuchten. Sie scheint gewillt zu sein.

Ernst sagt zu ihr: „Jetzt liegt es an dir. Überlege in aller Ruhe, ob du in meine Firma kommen willst. Ich jedenfalls würde mich sehr freuen."

Im selben Augenblick zerreißt ein lauter Knall die Stille. Eine Explosion? Wir schauen uns fragend an. Schon sehen wir die ersten Flammen hinter meinem Mühlendach emporzüngeln.

„Da muss etwas in der kleinen Kammgarnspinnerei passiert sein!", ruft Klara und rennt fort. Ernst hinterher. Auch Albert, Georg und meine Frau sehe ich aus dem Haus stürzen.

Ich höre Leute rufen, nach Löscheimern, nach der Feuerwehr. Und schon sehe ich, wie Ernsts Einspänner eilig aus meinem Hof herausfährt.

Die Freiwillige Feuerwehr ist in Erfurt vor über zehn Jahren gegründet worden und richtet gerade in der ganzen Stadt Feuermeldestellen ein. Auch ich habe Geld für eine moderne Feuerspritze gespendet. Sie kann Wasser durch Schläuche ansaugen und 30 Meter weit spritzen. Allerdings müssen zwei Männer die Pumpenstange ständig auf und ab bewegen.

Ich fühle mich so nutzlos. Jede Hand wird gebraucht, um dem Nachbarn zu helfen, und ich liege hier herum und kann mich nicht rühren. Es ist zum Verzweifeln.

Eben höre ich das erste Glockengeläut, dann tönt es von allen Kirchtürmen: Feueralarm! Endlich lautes Hupen und schnelles Pferdegetrappel. Offensichtlich trifft die erste Feuerspritze ein. Männer schreien, Pferde schnauben, immer mehr Fuhrwerke kommen in der Nachbarschaft an. Kommandos hallen zu mir herüber.

Wenig später eilt Ernst auf mich zu. Er ist außer Atem. Stockend berichtet er. Die Spinnerei stehe in Flammen. Er sei zur nächsten Meldestelle der Feuerwehr gefahren und habe Feueralarm ausgelöst. Bis die erste Feuerspritze da war, hätten die Nachbarn eine Eimerkette gebildet und Wasser aus der Gera herbeigeschafft, um den Brand in Schach zu halten. Er sei zurück, weil er vier Feuerwehrmänner mit seiner Kutsche herbeischaffen musste. Jetzt seien genügend Leute da, auch die beiden Spritzen, die beiden Schlauchwagen und die schwere Auszugsleiter.

„Man braucht mich nicht mehr", schließt er seinen Bericht. „Ich müsste längst wieder in meiner Firma sein. Also grüße bitte Doris und Klara von mir."

„Ich danke dir von Herzen, Ernst. Ich weiß dein Angebot sehr zu schätzen."

Kaum ist Ernst fort, kommt Doris ganz außer Atem. Der Nachbar sei am Boden zerstört, berichtet sie, der Brand in der Spinnerei werde gerade gelöscht, das Wohnhaus sei unbeschädigt. Zum Glück habe der Nachbar in die Brandkasse eingezahlt. Der Spinnereianbau und die Spinnmaschine seien also versichert. Trotzdem sei der Schaden groß, denn die Rohware und das fertige Kammgarn seien nicht versichert.

„Bitte setz dich her zu mir, Doris, ich will dir etwas sagen." Und dann berichte ich ihr von Ernsts Angebot und Klaras Reaktion.

„Das heißt", sagt Doris, „dass Klara weiterhin bei uns wohnt und nach ihrer Ausbildung bei Ernst in deine Firma einsteigt?"

„Noch ist nichts in trockenen Tüchern, aber immerhin besteht die Möglichkeit."

„Wird Klara das Angebot annehmen?"

„Ich weiß es nicht, aber es ist sehr verlockend."

Braun

Braun ist eine warme, erdige Tertiärfarbe, die oft mit Natur, Komfort und Gemütlichkeit verknüpft wird. Sie entsteht aus der Mischung der drei Grundfarben blau, gelb und rot. Gibt man weiß oder schwarz hinzu, kann man den Braunton variieren: sepia, siena, umbra, mahagoni, kastanienbraun, ocker, karamell. Braun war früher die Farbe der Armen, mussten sich diese doch mit Stoffen aus ungefärbten Ziegen- und Hasenhaaren begnügen. Braun hat seither den Geruch des Altmodischen, Abgewirtschafteten und Vergänglichen und ist weltweit eine weniger beliebte Farbe, auch wenn Schokolade, Kaffee und Teddybären sehr gefragt sind und 90 Prozent aller Menschen braune Augen haben. Schon die Steinzeitmenschen malten mit Tierblut und Erde Bilder an die Höhlenwände. Rembrandt liebte kastanienbraun. Und zu Beginn des 20. Jahrhunderts reduzierten die Kubisten ihre Farbpalette auf Grün- und Brauntöne, allen voran Georges Braque.

Noch sind die Feuerwehrleute im Nachbargebäude beschäftigt. Noch höre ich Kommandos und Pferdegetrappel. Noch scheint eine der beiden Spritzen in Betrieb zu sein. Sie werden Glutnester löschen, denke ich mir.

Rötliche Sonnenstrahlen leuchten übers Dach, als ich Stimmen vor meinem Haus höre. Durch die Büsche im Garten hindurch erkenne ich meinen Schwiegervater und seine Frau.

Johannes Philipp Öchsner ist ein stattlicher Mann, Ende sechzig, in Erfurt als solider Buchbinder- und Etuimachermeister bekannt. Er hat es mit der Zeit zu einigem Wohlstand gebracht, bekommt er doch von der Universität und den Bibliotheken viele Aufträge. Aber auch er macht sich Sorgen um seine Firma, denn von Hand gefertigte Etuis werden immer seltener gekauft.

Mir ist sofort klar, dass Doris ihre Eltern heute Morgen aufgesucht und unser Schicksal beklagt haben muss. Mir passt das ganz und gar nicht, denn mein Schwiegervater ist sehr bestimmend und eher pessimistisch eingestellt, was mir im Augenblick gegen den Strich geht.

Schon vor unserer Hochzeit hat mir meine Schwiegermutter befohlen, sie mit Mutter anzureden, während ihr Mann mir das Du angeboten und mich gebeten hat, ihn künftig nur Johann zu nennen. Sie haben zwei Kinder, meine Frau Doris und ihren acht Jahre jüngeren Bruder Jonathan, der zum Leidwesen seiner Eltern in Mainz Medizin studiert hat und jetzt in Wiesbaden als niedergelassener Arzt praktiziert.

Ein paar Minuten später kommen sie durch den Garten auf mich zu, Doris hinterdrein.

„Guten Tag, Eckhart", begrüßt mich Johann und fügt hinzu: „Du machst ja schöne Sachen."

Ich überhöre den leisen Tadel und sage, etwas fideler als mir zumute ist: „Guten Tag, Mutter. Guten Tag, Johann."

Johann, ein kräftiger Mann mit durchdringendem Blick, schüttelt meine Hand, als bediene er einen Pumpenschwengel, und meint: „Na, du bist ja gut drauf, wie mir scheint."

Doris lächelt, aber ihre Augen verraten Besorgnis, während Franziska mich aufmerksam mustert.

„Gefalle ich dir nicht, Mutter?", necke ich sie.

Franziska Öchsner verzieht keine Miene. „Ich hab's mir schlimmer vorgestellt", gibt sie ehrlich zu.

„Es ist nun mal, wie es ist", spiele ich meinen Unfall herunter. „So komme ich wenigstens zu einer Auszeit und zum Nachdenken."

Johann nickt bedächtig, sein Gesichtsausdruck bleibt undurchdringlich. „Das ist für dich ganz gewiss keine leichte Situation." Er redet nicht lange um den heißen Brei herum: „Wie soll's jetzt weitergehen?"

„Erst mal gesund werden, dann werden wir schon sehen."

Doris winkt Albert, der am Fenster der Mühle steht und uns von oben beobachtet.

Wenig später kommt er und schiebt mich, unterstützt von meinem Schwiegervater, auf der Chaiselongue ins Wohnzimmer.

Der Tisch ist bereits gedeckt. Doris hat den Besuch offensichtlich erwartet.

„Bitte setzt euch gleich an den Tisch", sagt Doris mit einer einladenden Geste. Dann drückt sie mir zwei Kissen in den Rücken, damit ich aufrecht sitzen kann, legt ein Tablett auf meine Beine und stellt ein Glas darauf ab.

Zu fünft sitzen sie um den schweren Tisch aus Eichenholz, der seit Großvaters Zeiten in dieser Stube steht: Doris, ihre Eltern und nun auch Klara und Georg.

Die beiden Kinder sind aufgeregt, haben sie doch beim Feuerlöschen geholfen und die Arbeit der Feuerwehrmänner bis in allen Einzelheiten mitverfolgt.

Gut, dass sie da sind und dazu beitragen, die Vorhaltungen der Schwiegereltern zumindest für den Augenblick zurückzudrängen. Klara und

Georg erzählen, wie die Feuerwehr zwei Schlauchleitungen zur Gera gelegt und an die beiden Spritzen angeschlossen hat. Immer zwei Männer je Pumpe hätten abwechselnd die Pumpenstange im Takt auf- und niedergedrückt. Mit dem vielen Wasser, das mit hohem Druck aus den Spritzen schoss, sei das Feuer rasch gelöscht worden.

Doris holt einen Krug Rotwein aus der Küche und schenkt zuerst mir ein, dann unserem Besuch. Sie ist schlau. Ihren Vater, der auf seinem Ersparten sitzt und bis heute kein Silberstück herausgerückt hat, auch nicht bei der Geburt unserer Kinder, will sie weichkochen, da bin ich mir sicher.

Ich schaue sie prüfend an. Sie zwinkert mir süffisant zu. Lass mich nur machen, will sie mir signalisieren.

Einige Augenblicke lang herrscht Schweigen. Dann befragt Johann die neben ihm sitzende Klara, wie es ihr in der Schule gefällt und ob sie schon Pläne für die Zukunft hat.

„Noch nicht", sagt Klara, „aber so eine Idee. Entweder will ich Lehrerin werden oder Papa in der Firma helfen. Heute habe ich meine erste Schreibtinte hergestellt. Das hat richtig Spaß gemacht. So etwas würde mir gefallen."

Ich kann ein Grinsen nicht unterdrücken und verschlucke mich, weshalb ich hüsteln muss.

„Widerspruch?", fragt Johann und dreht sich zu mir stirnrunzelnd um.

„Nein, nein", beteuere ich. „Klara hat das großartig gemacht. Und völlig selbstständig."

„Und welche Pläne hast du?", will Johann von Georg wissen. Er hat das schon oft gefragt.

„Auf jeden Fall studieren", antwortet Georg sehr pointiert. Offensichtlich geht ihm die großväterliche Inquisition auf die Nerven.

„Dass die jungen Leute alle studieren müssen." Johann ist ungehalten. „Du könntest ja auch Buchbinder werden und mein Geschäft übernehmen. Aber nein, der junge Herr will partout an die Universität."

„Ich interessiere mich eben für die Naturwissenschaften", gibt Georg nachsichtig zurück. „Physik oder Chemie, das ist meine Welt. Versteh das bitte."

Johann kann sich leider nicht in die jungen Leute hineinversetzen. Und er bewertet alles sofort, auch wenn er es nicht verstanden hat. Immer die alte Leier. Seit Jahren versucht er, Georg für sein Geschäft zu begeistern. Aber mein Sohn ist eisern, was mich freut. Georg denkt überhaupt nicht daran, unter der Fuchtel seines Großvaters Bücher zu binden.

Schweigend sitzen sie da. Plötzlich stellt Johann seinen Stuhl neben die Chaiselongue.

„Hör mal", sagt er zu mir, „Doris hat mir erzählt, dass du dir Sorgen machst. Ist mit deiner Firma alles in Ordnung?"

Doris verdreht die Augen. Ihr ist der Auftritt ihrer Eltern peinlich.

Ich skizziere in wenigen Sätzen, was ich mir heute überlegt habe.

Johann atmet tief durch. „Mit meiner Erfahrung als Buchbinder und Etuimacher könnte ich dir helfen, Kontakte zu knüpfen."

„Das wäre hilfreich. Ich bekomme selten Aufträge von der Universität."

Draußen senkt sich die Abendsonne über die Farbenmühle. Eine kühle Brise zieht vom Fluss herauf. Doris schließt die Fenster.

Georg entzündet, weil die Großeltern frösteln, das Holz im Kaminofen. Die Flammen werfen tanzende Schatten an die Wände. Im ganzen Haus duftet es nach frisch gebackenem Brot und kräftiger Rindfleischsuppe.

Doris geht in die Küche. Durch die offene Tür kann ich sehen, was dort geschieht. Doris schneidet einen frisch gebackenen Brotlaib in dicke Scheiben und legt sie in einen Brotkorb. Sie winkt mir kurz zu. Dann kostet sie die Suppe, rührt ein paarmal um und gibt etwas hinzu; Thymian vermute ich. Neben der Suppe köchelt eine Mehlschwitze auf dem Herd. Diese rührt sie in die Suppe ein, die langsam sämig wird.

Dann trägt Klara Platten mit Käse, Wurst und eingelegtem Gemüse in die Stube, danach filetierte, geräucherte Forellen.

Doris schiebt gehackte Zwiebeln und schmal geschnittene Karotten in den Topf. Ihre Bewegungen sind präzise und routiniert, jeder Handgriff sitzt. Die Fenster beschlagen von der Wärme und vom Dampf.

Georg wendet sich an seinen Großvater: „Hat Papa dir schon von meiner Idee erzählt?"

Johann schüttelt den Kopf.

„Wenn wir unsere Mühle elektrifizieren, könnten wir modernere Maschinen betreiben und mehr und schneller produzieren."

Johann sieht mich an, und ich sehe ein amüsiertes Funkeln in seinen Augen. Diese Art von jugendlicher Zuversicht und Zukunftsglaube ist ihm offensichtlich fremd.

„Elektrifizierung?" Johann schaut Georg mitleidig an. Dann winkt er ab.

„Würde zwar Geld kosten, aber langfristig könnte es sich auszahlen", pflichte ich meinem Sohn bei.

Georgs Augen leuchten auf. „Wir könnten eine kleine Wasserturbine installieren, die einen Generator antreibt. Damit würde die gesamte Mühle mit Strom versorgt. Das würde nicht nur die Produktion beschleunigen, sondern auch die Qualität unserer Farben verbessern, weil sie besser verrührt sind. Vielleicht könnten wir sogar Strom an unsere Nachbarn verkaufen."

„Wasserturbine?", fragt Johann stirnrunzelnd.

„Das ist so etwas wie ein Propeller, der von der Wasserkraft der Gera angetrieben wird" erklärt Georg.

Glücklicherweise trägt Doris genau in diesem Augenblick die Suppe herein und bittet zu Tisch. Erst bedient sie ihre Eltern, dann mich und die Kinder.

„Guten Appetit!", wünsche ich.

„Guten Appetit!", wiederholt Klara.

Johann knurrt etwas vor sich hin. Franziska schweigt und verzieht das Gesicht, als sie die Suppe probiert.

Doris legt für einen Moment ihre Stirn in Falten, dann reicht sie wortlos Brot herum.

Ich erhebe mein Glas: „Auf die Familie und eine erfolgreiche Zukunft der Mühle!"

Wir stoßen an, und ich fühle tiefe Dankbarkeit und Zuversicht. Dankbarkeit, weil ich eine solche

Frau und zwei so prächtige Kinder um mich habe. Und Zuversicht, weil ich spüre, dass meine Firma weiterleben wird.

Schweigend essen wir zu Abend. Kaum ist alles aufgegessen, will Johann heim. Doris bittet ihn zu bleiben. Zusammen mit Georg räumt sie den Tisch ab, während Klara sich wie jeden Abend ans Klavier setzt. Die allabendlichen Klänge sind, seit sie zehn ist, ein vertrauter Teil unseres Lebens. Sie klimpert zunächst ein Kinderlied, dann rückt sie den Hocker zurecht und schließt die Augen. Nach kurzer Ouvertüre spielt und singt sie:

„Nun ruhen alle Wälder,
Vieh, Menschen, Städt' und Felder,
es schläft die ganze Welt;
ihr aber, meine Sinnen,
auf, auf, ihr sollt beginnen,
was eurem Schöpfer wohlgefällt. "

Jeder im Raum versteht, was Klara mit diesem bekannten Abendlied von Paul Gerhardt sagen will: genug für heute! Und morgen beginnt ein neuer Tag.

Johann sieht Klara stirnrunzelnd an. Dann steht er auf und sagt: „Aber jetzt ist es Zeit, nach Hause zu gehen. Wir danken für Speis und Trank und

wünschen eine gute Nacht." Und an seine Frau gewandt: „Komm Franziska, wir gehen. Ich muss
morgen früh raus."

Beide reichen zuerst mir zum Abschied die
Hand, dann Georg und Klara. Doris begleitet sie
bis zur Gartentür.

Blau

Blau steht für Sehnsucht, Treue, Güte, Ruhe und Frieden. Blau ist bei Männern und Frauen die beliebteste Farbe weltweit. Bis heute gibt es kaum jemanden, der Blau nicht mag. Erfurt wurde durch diese Farbe, gewonnen aus der Färberpflanze Waid, so reich, dass es sich 1379 eine Universität leisten konnte, die älteste in Deutschland (vor Heidelberg und Köln). Die „Goldene Bulle", 1356 von Kaiser Karl IV. verkündet, war das wichtigste Verfassungsdokument des Heiligen Römischen Reiches Deutscher Nation. Nach diesem Reichsgrundgesetz gehörte das spätmittelalterliche Erfurt, es zählte damals über 20 000 Einwohner, zusammen mit Mühlhausen, Nürnberg und Rothenburg zu den bedeutendsten Städten des Reiches. 1501 bis 1505 studierte Martin Luther in Erfurt Theologie, genau in jener Zeit, als der Färberwaid das Wirtschaftsleben Erfurts und ganz Thüringens prägte.

„Spielst du uns noch etwas vor?"

Klara nickt mir zu. Ihre Augen strahlen. „Gern, Papa. Magst du etwas von Chopin hören?"

„Ach du mit deinem Chopin", lästert Georg.

Klara grinst und legt die Notenblätter aufs Notenpult. Dann fliegen ihre Finger über die Tasten. Melancholische Töne erfüllen die Stube. Die Musik zieht uns alle in ihren Bann. Sie scheint eine Geschichte zu erzählen, etwas von Sehnsucht und verlorenen Träumen.

Die sanften, auf- und abschwellenden Klänge ergreifen mich. Eine tiefe Ruhe breitet sich in mir aus.

Als die Musik endet, bleibt es einen Moment still, bevor Doris leise sagt: „Ich könnte dir stundenlang zuhören. Danke, Klara."

Ich schaue aus dem Fenster. Die hereinbrechende Dunkelheit verschluckt die Landschaft und färbt sie grau.

Diese Musik spricht mich an. Sie sagt mir, dass selbst in unruhigen Zeiten etwas Gutes entstehen kann. Sie erinnert mich, dass wir damals in Heidelberg die politischen, wirtschaftlichen und gesellschaftlichen Verhältnisse erörtert haben, die Chopin und seine Zeitgenossen durchstehen mussten. Die Regenten boten Militär und Polizei auf, um jeden Gedanken an Erneuerung im Keim zu ersticken. Wir wollten es klüger anstellen, sind aber auch gescheitert. Darum will ich heute dem Fortschritt nicht im Weg sein.

„Und jetzt?", fragt Georg in die Runde.

Achselzucken. Viele Möglichkeiten haben wir nicht. Die Zeit der Spinnstuben ist in den Städten längst vorbei. Karten- und Würfelspiele mag Doris nicht. Ins Wirtshaus kann ich nicht, ins Theater oder Konzert auch nicht. Also bleibt nur übrig, womit sich gerade viele Erfurter Familien die Abendzeit vertreiben: vorspielen, singen, vorlesen oder ein Gedicht vortragen.

Georg grinst. Er kennt das schon, alle warten auf seinen Beitrag. Deshalb steht er auf und nimmt ein Buch aus dem Regal. Er ist ein geübter Vorleser und hat uns schon oft den Abend gerettet. Seit dem Stimmbruch hat er eine angenehme Bassstimme. Mit reichlich Mimik und Gestik trägt er vor:

Sehet ihr am Fensterlein
dort die rote Mütze wieder?
Nicht geheuer muss es sein,
denn er geht schon auf und nieder.

Und auf einmal welch Gewühle
bei der Brücke, nach dem Feld!
Horch! Das Feuerglöcklein gellt:
Hinterm Berg, hinterm Berg,
brennt es in der Mühle!

Wie er das so gestenreich deklamiert, könnte man meinen, das Feuer säße uns im Nacken. Nach der fünften und letzten Strophe setzt er sich und sagt: „Mörikes Gedicht ist mir eingefallen, als ich heute die brennende Spinnerei gesehen habe."

Klara wendet sich an mich: „Papa, was hältst du eigentlich von dem Angebot, das dein alter Schulfreund mir heute gemacht hat?"

„Wichtig ist, dass du das tust, was dich glücklich macht."

Doris versichert ihr: „Wie du dich auch immer entscheidest, Papa und ich stehen hinter dir."

Klaras Augen weiten sich, sie lächelt: „Danke, ich werde darüber nachdenken."

Sie dreht sich wieder auf dem Klavierhocker um. Auswendig stimmt sie das Abendlied von Matthias Claudius an. Gemeinsam singen wir:

Der Mond ist aufgegangen,
die goldnen Sternlein prangen
am Himmel hell und klar;
der Wald steht schwarz und schweiget,
und aus den Wiesen steiget
der weiße Nebel wunderbar.

Es klopft. Doris öffnet. Meister Matthias tritt ein und setzt sich mit einem tiefen Seufzer an den Tisch.

„Guten Abend allerseits. Ich hoffe, ich störe nicht. Ich weiß, ich bin spät, viel zu spät."

„Ganz und gar nicht. Es ist immer eine große Freude, dich zu sehen", beruhige ich ihn.

„Hast du schon zu Abend gegessen?", fragt Doris.

„Ja, aber wenn du mir einen Wein einschenkst, sage ich nicht nein."

Als Doris ihm einen Rotwein serviert, steht Meister Matthias auf, verbeugt sich vor ihr und überreicht ihr ein Parfüm. „Das habe ich dir aus Paris mitgebracht. Es heißt Bois de Cédrat, Zitronenbaum auf Deutsch, weil es zitronig frisch duftet. Es ist in Paris gerade sehr beliebt."

Doris strahlt. Sie bedankt sich überschwänglich.

Klara bekommt von ihm ein Baumwolltuch, das mit dem aktuellen Stadtplan von Paris samt Erläuterungen der Sehenswürdigkeiten bedruckt ist.

Georg schenkt er einen Fremdenführer für Paris und Umgebung, Text auf Französisch, Englisch und Deutsch, illustriert mit 130 Kupferstichen.

„Und du kriegst dein Geschenk später", sagt er zu mir. „Erst will ich euch erzählen, was ich in Paris gesehen und erlebt habe."

Nach dem miesepetrigen Auftritt meiner Schwiegereltern kommt mir mein Patenonkel mit seinem immerwährenden Optimismus gerade recht.

Indigo

Im Farbspektrum des Regenbogens liegt Indigo genau in der Mitte zwischen Blau und Violett. Der tiefblaue Farbton steht für Ruhe und Besonnenheit, Wissen, Rechtschaffenheit und Selbstlosigkeit. Indigo, griechisch für das Indische, ist eine uralte Farbe, gewonnen aus den grünen Blättern und Stängeln des indischen Indigobusches. Caesar berichtete, dass die Kelten ihre Haut vor Kriegen blau färbten. Indigo ist auch eine Heilpflanze. Sie wirkt schmerzstillend, entkrampfend und entzündungshemmend. Und die Farbpsychologen empfehlen Indigofarbiges bei Nervosität und Konzentrationsstörungen, wirke es doch beruhigend. Seit über hundert Jahren wird natürliches Indigo nur noch selten bei uns eingeführt, weil die chemisch hergestellte Farbe sehr gut und lichtbeständig ist, wohingegen echtes Indigo leicht abfärbt.

„Ich war also in Paris," beginnt Meister Matthias. Seine Augen strahlen. „Wahnsinn! Diese Stadt ist tagein tagaus voller Leben. Alles ist in Bewegung. Überall leuchten Laternen und Lichter. Tagsüber hasten viele Menschen durch die Straßen. Abends schlendern sie von Schaufenster zu Schaufenster. Straßenkünstler unterhalten die Passanten mit Musik und Tanz. Auf den großen Plätzen preisen fliegende Händler ihre Waren an."

„Fliegende Händler?", feixt Georg. „Wie bei Aladin mit der Wunderlampe?"

Onkel Matthias winkt lachend ab. „So nennt man in Paris die Straßenhändler." Er trinkt einen Schluck, und wir hängen gebannt an seinen Lippen. „Großartig diese Boulevards, diese breiten Prachtstraßen! Sie sind von eleganten Geschäften und Restaurants gesäumt. Und die Cafés sind voller Gespräche und Gelächter. Eine so lebendige Stadt habe ich noch nie gesehen. Atemberaubend! Paris ist unvergleichlich."

„Hast du auch etwas ganz Besonderes erlebt, Onkel Matthias?", will Klara wissen.

„Ich war im Kaufhaus Printemps, dem Paradies für Damen, wie die Pariser sagen. Unbeschreiblich, das Warenangebot! Und die prachtvoll dekorierten Säle! Einmalig!" Onkel Matthias schüttelt den Kopf vor lauter Bewunderung. „Und das alles zum Festpreis! Kein Gefeilsche, wie bei uns! Zweimal im Jahr findet ein Ausverkauf zu Niedrigpreisen statt. Danach kommt neue Ware in die Regale."

„Was kann man in dem Kaufhaus kaufen?",
fragt Doris. Wie mir scheint, fasziniert sie der Gedanke, einmal durch einen solchen Einkaufstempel
zu flanieren.

„Modische, oftmals sündhaft teure Kleidung
für die Dame und den Herrn, aber auch Alltags-
kleidung für Haushalt und Beruf. Und Haushalts-
artikel aller Art." Onkel Matthias denkt kurz nach,
dann schlägt er sich an die Stirn: „Hüte! Die hätte
ich fast vergessen! Hüte in allen Farben und For-
men. Unglaublich viele Hüte für Damen und Herren."

Klara kriegt den Mund nicht mehr zu. Und Doris schaut mich auffordernd an: „Ich will auch mal
in ein Kaufhaus."

Du kriegst die Motten, hätte ich am liebsten gesagt, aber ich halte lieber den Mund, sonst will
meine Doris nach Paris, bevor ich überhaupt wieder laufen kann.

„Ich war sogar in der neuen Oper Garnier am
rechten Seineufer. Man hat mir gesagt, sie ziehe
das elegante Pariser Publikum magisch an. Also
habe ich mir einen Opernabend gegönnt. Carmen
von Georges Bizet, nach der gleichnamigen No-
velle von Prosper Mérimée, stand auf dem Pro-
gramm. Unbeschreiblich! Das farbenfrohe Büh-
nenbild, die prächtigen Roben auf der Bühne, die

herausgeputzten Damen und Herren im Zuschauerraum. Ihr könnt euch das kaum vorstellen."

„Georg", ermuntere ich meinen Sohn, „du hast mir doch letzte Woche erzählt, dass ihr in der Schule gerade die neuere französische Geschichte durchnehmt. Sag mal bitte, was du davon noch weißt. Ich habe nämlich keinen blassen Schimmer mehr."

Georg lässt sich nicht zweimal bitten. Er schnurrt die wichtigsten Ereignisse herunter: „Nach der Französischen Revolution und Napoléons endgültiger Verbannung nach St. Helena wurde Frankreich von Königen regiert. 1830 dann die nächste Revolution. Frankreich wurde konstitutionelle Monarchie mit dem Bürgerkönig Louis-Philippe an der Spitze. Weil es den Menschen nicht gut ging und sie wenig zu essen hatten, brach 1848 erneut eine Revolution aus. Der König dankte ab, und Frankreich wurde Republik. Die Franzosen wählten Louis-Napoléon Bonaparte zum Staatspräsidenten, der sich jedoch schon vier Jahre später nach einem Staatsstreich zum Kaiser Napoléon III. ausrufen ließ. Nach der Niederlage Frankreichs im Krieg gegen die preußisch-deutschen Truppen und der Gefangennahme des Kaisers herrschte in Paris Anarchie. Aufgebrachte Arbeiter und wütende Revolutionäre forderten radikale Veränderungen: Macht der Kirchen beschneiden, gerechtere Löhne, kostenlose Volksbildung, Gleichstellung von Mann und Frau sowie mehr Hilfe für die Armen. Regierungstruppen schlugen den Aufstand brutal nieder und töteten oder inhaftierten viele Aufständische."

Meister Matthias nickt anerkennend, dann setzt er seinen Reisebericht fort: „In Paris ist längst alles wieder friedlich. Ich habe keine Spuren mehr von den Barrikaden und Straßenkämpfen gesehen. Dagegen werden neue Fabriken am Stadtrand gebaut. Aber viele Arbeiter leiden immer noch unter schlechten Arbeits- und Lebensbedingungen. Zugleich blüht das kulturelle Leben in der Stadt. Künstler, Intellektuelle und Schriftsteller aus ganz Europa sitzen in Salons und Cafés, schlürfen Kaffee und debattieren über die Weltgeschichte."

„Und wo hast du gewohnt, Onkel Matthias?", will Klara wissen.

„Im Relais Christine, einem passablen Hotel mitten in der Stadt."

Doris will mehr wissen: „Ich habe gehört, dass es in Frankreich wunderbare Croissants geben soll. Hast du sie mal probiert?"

„Jeden Morgen beim Frühstück. Sie waren goldbraun und sehr knusprig. Es gab auch welche mit Schokoladenfüllung."

Doris geht in die Küche und kommt mit einem Teller voller Nusstaler wieder, den sie vor dem Gast abstellt. „Bitte greif zu!", fordert sie Onkel Matthias auf. Der lässt sich nicht zweimal bitten.

„Papa hat neulich gesagt, Pariser Maler hätten eine neue Malweise erfunden. Stimmt das, Onkel Matthias?" Georg lächelt mir zu, als habe er die Frage gestellt, um mir einen Gefallen zu erweisen.

„Du meinst bestimmt die Impressionisten. Ja, was sie machen und wie sie es machen, ist neu. Sie experimentieren mit Licht und Schatten. Sie arbeiten im Freien mit diesen neuartigen Tubenfarben."

„Bist du einem dieser Maler begegnet?"

„Persönlich nicht, aber ich habe Bilder von Claude Monet, Edgar Degas und Auguste Renoir gesehen. Sie haben mir sehr gefallen."

Ich versuche, mir all das, was ich eben gehört habe, bildlich vorzustellen. Doch Meister Matthias reißt mich aus meinen Gedanken.

„In Paris wurden die alten, engen Häuserzeilen abgerissen. Jetzt durchziehen prachtvolle Boulevards mit großartigen Häuserfassaden die Stadt und verbinden Plätze, Monumente und Gartenanlagen rechtwinklig miteinander ..."

„Weshalb mussten die alten Häuser weichen?", unterbricht Doris.

„Die Stadt soll sauber und gesünder werden. Bessere Luft für unsere Einwohner, steht überall auf Plakaten. Deshalb hat man große Parks in der Innenstadt angelegt. Und jedes Gebäude soll ans Wasser- und Abwassernetz angeschlossen werden."

„Wenn ich's recht weiß, dann haben Berlin, Hamburg und München auch schon Kanalisationen", gibt Georg zu Bedenken. „Was ist also in Paris anders?"

„In Paris hat man ganze Viertel abgerissen und eine neue Stadt aufgebaut."

„Erfurt ohne Dom und Krämerbrücke kann ich mir nicht vorstellen", wagt Klara einzuwenden.

„Da stimme ich dir zu", sagt Onkel Matthias. „Wertvolles muss man stehenlassen, aber manchem Viertel unserer Stadt würde ein radikaler Umbau auch guttun."

Er schließt die Augen. „Bei Sonnenuntergang leuchtet Paris in goldenem Glanz und verwandelt sich in ein riesiges Lichtermeer. Diese Stadt ist ein pulsierendes Kunstwerk. Wenn du wieder gesund bist, fahren wir zwei hin, Eckhart. Versprochen!"

„Ich will auch mit", sagt Doris.

Onkel Matthias grinst mich an, während er zwölf Tuben aus einem Leinenbeutel hervorholt, sechs kleine und sechs große. „Für dich, mein

Lieber. Tubenfarben sind etwas zäher als Zahnpasta, aber man könne sie leicht mit Terpentinöl verdünnen, habe ich mir sagen lassen." Dann zieht er einen Zettel aus seiner Jacke und reicht ihn mir.

Christian Demmler, vormals Carl Kreul, Nürnberg, lese ich. Eine Maschine ist abgebildet. Darunter steht: *Mit unserer Farbreibemaschine können Sie Ölfarben in gleichbleibend hoher Qualität herstellen.* Die Maschine sieht aus wie ein Stuhl mit hoher Lehne. Sie hat statt der Sitzfläche eine Marmorplatte, auf der zwei Reibeplatten kreisen, die an der Lehne befestigt sind.

Ich kann es nicht fassen. Davon habe ich noch nie gehört.

Mein Patenonkel sieht es und lacht. „Jetzt weißt du, lieber Eckhart, was du zu tun hast. Kauf dir eine solche Maschine. Kaufe leere Zinntuben mit Schraubdeckel. Und kaufe auch eine Abfüllmaschine. Die füllt die Schraubtuben mit der fertigen Farbe und verschließt sie in einem Arbeitsgang."

Ich muss ihn wohl etwas verdutzt angeschaut haben, denn er fährt mich an: „Du musst investieren, mein Lieber, sonst verpennst du die Zukunft!"

„Kostet aber Geld", wage ich einzuwerfen.

Er lässt das nicht gelten. Mit erhobenem Zeigefinger sagt er: „Ich leihe dir das Geld. Zinslos! Ich habe ja keine Kinder. Du bist mir der Liebste unter meinen Bekannten und Verwandten, also werde ich dir helfen, wo ich kann."

„Sehr nobel von dir. Möchtest du in meine Firma einsteigen?"

„Zu viel der Ehre", wehrt er ab, „und zu viel Arbeit. Nein, nein, ich bleibe der stille Geldgeber im Hintergrund, mehr nicht. Hauptsache, du gehst das rasch an."

Er dreht sich zu Georg um: „Du sorgst dafür, dass dein Vater gleich morgen die Sachen bestellt! Versprochen?"

Bevor Georg antworten kann, gebe ich klein bei: „Versprochen! Morgen gebe ich die Bestellungen auf."

„So!" Meister Matthias steht auf. „Ich muss jetzt heim. Morgen früh wartet viel Arbeit auf mich."

Er bedankt sich bei Doris für Wein und Nusstaler und verabschiedet sich von jedem mit Handschlag.

Violett

Violett ist eine Farbe und, wie schon erwähnt, zugleich der Oberbegriff für vielerlei blau-rote Farbmischungen, zum Beispiel magenta, pink und purpur. Das Blau des Himmels mischt sich mit dem Rot des Feuers. Violett ist die Farbe der Macht, aber auch des Übersinnlichen, des Unmoralischen und der Leidenschaft, der Extravaganz und der Originalität. Violett ist in der Damenmode immer mal wieder Trendfarbe, beliebt wird sie jedoch selten, denn sie ist vielen Kundinnen zu gewagt. Die verruchte Dame von Welt bevorzugt hingegen violette Kleidung. Auch Magier und Zauberer zeigen sich gern in violetten Gewändern, wollen sie doch geheimnisvoll und übersinnlich erscheinen. Violett hat zuweilen eine sakrale Bedeutung. Dann ist es die Farbe der Besinnung, Umkehr und Buße, die an Fastenzeiten mahnt. Bischöfe kleiden sich violett. Der bedeutende französische Impressionist Claude Monet malte häufig violette Seerosen.

Durchs Fenster scheint der abnehmende Mond. Es ist schon reichlich spät. Und doch verspüren wir das Bedürfnis, noch ein Weilchen zusammenzusitzen.

„Paris muss eine faszinierende Stadt sein", sinniert Doris, wie ihr verträumter Blick verrät. „Irgendwann möchte ich sie gern selbst sehen."

„Omnia tempus habent, ein jegliches hat seine Zeit, sprach der Prediger Salomo."

„Papa, du langweilst mit deinen ewigen griechischen Sprüchen."

„Das ist lateinisch, mein Engel." Klara zieht das Genick ein, als ich sie korrigiere.

Georg schiebt seiner Mutter den Parisführer hin, den ihm Meister Matthias soeben geschenkt hat. „Dann leihe ich dir fürs Erste mein Buch, denn ich habe im Augenblick keine Zeit zum Lesen."

Klara lacht: „Aber für deine Turnfreunde hast du immer Zeit."

Georg streckt seiner Schwester die Zunge heraus. In seiner Antwort bleibt er sachlich: „Wir schreiben übermorgen eine Arbeit in Physik. Auf die muss ich mich vorbereiten."

„Mir würde es gar nicht gefallen, wenn man bei uns die prächtigen Häuser am Fischmarkt oder die Krämerbrücke und die alte Universität abreißen würde." Klara schüttelt den Kopf, dass ihre braunen Zöpfe fliegen.

Ich finde, das Mädchen hat recht. Mir gefällt vor allem, dass sie eine eigene Meinung hat. „Stimmt! Ohne Krämerbrücke, Dom, Augustinerkloster, Predigerkirche und die alten Waidhäuser wäre Erfurt nicht das, was es heute ist."

Auch Georg schlägt sich auf Klaras Seite: „Die Mischung macht's. Altes und Neues ergänzen sich oft. Das sieht man doch bei uns. Das neue Rathaus ist bald fertig. Es passt gut an den Fischmarkt. Und für unsere Fernwasserleitung und Kanalisation hat man nicht alles abreißen müssen."

„Dasselbe dachte ich auch, als Onkel Matthias erzählte, wie man in Paris vorgeht," pflichte ich ihm bei. „Für eine Weltstadt mag das vielleicht in Ordnung sein, aber für unser Erfurt mit seinen nicht einmal fünfzigtausend Einwohnern wäre das nicht angemessen."

„Und trotzdem will ich nach Paris", beharrt Doris. „Nicht gleich, aber bald."

„Wir fahren hin, mein Schatz!", besänftige ich sie. „Wir alle. Aber zuerst bringen wir meine Firma auf Kurs."

Georg stößt ins gleiche Horn: „Genau! Erst die Arbeit, dann das Vergnügen, sagst du doch immer, Papa. Aber zu einer modernen Firma gehört auch eine moderne Technik."

„Ach du mit deiner Wasserturbine", spöttelt Klara.

„Wo er recht hat, hat er recht. Veränderung war, ist und bleibt das Zauberwort des Lebens. Im alten Rom hatte man dafür sogar zehn verschiedene Wörter, so wichtig war es den Römern."

„Aber die willst du uns hoffentlich jetzt nicht aufzählen", warnt Doris.

Ich muss lachen. „Nein, nein, aber ich will darauf hinweisen, dass sich unsere Stadt gerade sehr verändert. Das Brühler Tor wurde schon abgerissen. Bald kommen auch die anderen Tore und die Befestigungsanlagen dran. Und die Gangolfikirche in der Bahnhofstraße weicht gerade einer modernen Schule."

„Panta rhei, alles ist im Fluss", meint Georg, „das sagst du doch immer, Papa." Und an Klara gewandt: „Guck, das war griechisch."

Klara streckt ihrem Bruder die Zunge heraus. „Blödmann!", zischt sie ihn an.

„Und ich habe Angst", gesteht Doris und schaut mich bekümmert an, „dass du vor lauter Begeisterung nicht liegen bleibst und deine Gesundheit gefährdest. Bitte vergiss nicht, was Doktor Axmann dir dringend angeraten hat."

„Du hörst die Flöhe husten, liebe Doris. Mach dir keine Sorgen. Ich weiß, was ich dem Doktor versprochen habe."

„Und vergiss auch nicht, was du Onkel Matthias versprochen hast, Papa", erinnert mich Georg an die drei Bestellungen, die ich mir für morgen vorgenommen habe.

„Wo kriege ich jetzt die Adressen her?"

„Die Anschrift für die Farbreibemaschine steht gewiss auf dem Zettel, den dir Onkel Matthias gegeben hat." Georg lacht. „Wenn du mich nicht hättest, Papa…" Er lässt den Satz in der Luft hängen und meint dann: „Metalltuben mit Schraubverschluss gibt es natürlich in Paris, aber vermutlich auch anderswo. Frag mal einen Apotheker. Ich glaube, die laborieren mit solchem Zeug."

„Die großen Hersteller von Künstlerfarben kennen die Adressen, aber die werden sie einem kleinen Farbenmüller wie mir nicht rausrücken."

„Ach, Papa, mach dich nicht kleiner als du bist. Denn wenn's nur nach der Größe ginge, wäre der Elefant vor dem Eichhörnchen auf dem Baum."

Klara bricht in schallendes Gelächter aus. „Und Papa ist dann das Eichhörnchen – oder wie?"

Den Kommentar überlasse ich meinen Augenbrauen.

Georg winkt verschmitzt ab. „Hauptsache, Papa schwingt die Hufe, ohne aufzustehen. Sofern er diese Technik draufhat."

„Tuben mit Schraubverschluss!" Ich schlage mir an die Stirn. „Dass mir da nicht schon früher ein Licht aufgegangen ist."

Seit Monaten, wenn nicht Jahren weiß ich doch, dass die modernen Maler mit Leinwand und Staffelei ins Freie ziehen und dort das Leben und die Natur in allen Schattierungen aus Farbe, Licht und Kontrast malen. Statt wie früher draußen nur zu skizzieren und das eigentliche Gemälde im Atelier zu fertigen, ermöglicht ihnen nun die Farbe in der verschließbaren Tube, an jedem Ort auf dieser Welt eine Zeichnung oder ein Gemälde zu fertigen. Eine Revolution, die mir längst bekannt ist, aber die ich nie zu Ende gedacht und aus der ich schon gar nicht die richtigen Schlüsse für meine Firma gezogen habe.

Georg grinst mich an: „Gell Papa, jetzt muss der Farben-Ledlein Farbe bekennen."

„Frechdachs!"

„Sag mal, wie willst du das alles finanzieren, die Maschinen, die Tuben und vielleicht sogar eine Wasserturbine?" Doris sieht mich sorgenvoll an.

Bevor ich antworten kann, springt mir Georg bei: „Ach Mama, Onkel Matthias hat doch angeboten, alles zu bezahlen. Warum sollte Papa das ausschlagen?"

„Auch mein alter Schulfreund Ernst will mich unterstützen. Mit zwei so starken Partnern kann nichts schiefgehen."

„Aber du verschuldest dich", beharrt Doris.

„Wer nicht wagt, der nicht gewinnt. Alte Zöpfe muss man abschneiden. Den Mutigen gehört die Welt."

Klara meldet sich zu Wort: „Ich werde ganz viel Tinte für dich herstellen, Papa. Die kannst du dann verkaufen."

„Das ist lieb, mein Schatz. Aber ich habe noch etwas Geld auf der Bank. Und ein gut gefülltes Warenlager."

„Du wirst aber morgen nicht aufstehen und zählen wollen, was noch im Lager ist?"

„Keine Sorgen, liebe Doris, ich weiß, was ich eingekauft habe. Die Vorräte reichen noch für viele Wochen."

Weil Doris mich kritisch mustert, bietet Georg seine Hilfe an: „Ich kann morgen nach der Schule durchs Lager gehen und aufschreiben, was noch da ist."

„Du hast doch von Tuten und Blasen keine Ahnung." Ich erschrecke über mich selbst. „Verzeihung, lieber Georg, das ist mir nur so rausgerutscht! Aber im Ernst, kannst du Zechstein von Mergel unterscheiden?"

„Albert hilft mir bestimmt."

„Ja, das wäre möglich, aber nicht nötig!" Ich tippe mir mehrmals an die Stirn: „Meine Lagerbestände habe ich da drin gespeichert."

Das Mienenspiel meiner Frau verrät mir, dass sie das anzweifelt. Deshalb zähle ich aus dem Gedächtnis auf, was im Lager ist. Vor allem verschiedene Erden und mineralhaltiges Gestein, natürlich noch unbearbeitet. Insbesondere Zechsteinkonglomerat aus dem nahen Mansfeld, ein hellgraues bis gelbes Sediment. Dann reichlich Ocker aus Goslar und der Oberpfalz. Der enthält je nach Gehalt an Eisenoxid Pigmente von hellgelb über gelbbraun, orangebraun, erdbraun bis hin zu rotbraun. Und wenn man ihn brennt, entstehen noch mehr Brauntöne. Dazu viele Säcke voller Rötel aus dem saarländischen Bliestal, aus dem ich rötliche bis tiefrote Pigmente gewinnen kann und sogar seltene Rottöne, wenn ich ihn brenne. Und schließlich große Mengen Grünerde aus den Kreidemergeln Sachsens und Tschechiens, woraus sich vielerlei Grüntöne herausfiltern lassen, je nach dem Anteil an Eisenoxyd.

„Keine Pigmente mehr aus Pflanzen?" Georg blickt mich skeptisch an. „Du bist doch sonst so stolz auf unser Erfurter Färberblau."

„Pigmente aus Pflanzen machen die meiste Arbeit. Blau aus Färberwaid und Indigo, Violett aus Blutholzbaum und Purpurkraut, Gelb aus amerikanischem Gelbholz und Färberdistel, Orange aus Hennastrauch und Rotem Sandelholz – alles viel, viel komplizierter als Farbstoffe aus Gestein oder Erde herauslösen. Deshalb werde ich pflanzliche Pigmente künftig einkaufen und nicht mehr selbst herstellen. Dann bleibt mir genug Zeit für die Produktion fertiger Farben. Der Farbenhandel soll mein Hauptgeschäft werden, nicht mehr die Gewinnung von Pigmenten."

Beim Reden fällt mir ein, dass ich dringend Leinöl, Walnussöl, Mohnöl und Harze beschaffen muss. Das brauche ich, wenn ich Ölfarben und Lacke herstellen will. Französische Kreide für Lacke habe ich glücklicherweise erst vor zwei Wochen gekauft. Aber eine Rührmaschine muss ich anschaffen. Größere Farbmengen kann man unmöglich mit dem Handquirl anrühren. Da kriegt man ja den Drehwurm schon vom Zuschauen. Außerdem brauche ich Gummi arabicum, unverzichtbar zur Herstellung von Aquarell- und Wasserfarben.

„Tinte willst du nicht mehr herstellen?", fragt Klara.

Ach Kindchen, hätte ich am liebsten gesagt, doch ich rufe mir ins Gedächtnis, dass ich künftig vielleicht auf meine Tochter zählen kann. „Doch, doch! Das ist ja kein Hexenwerk, wie du, liebe Klara, heute gelernt hast. Außerdem lohnt sich diese Arbeit."

„Warum hast du dann heute einen Brief an deinen Bekannten in der Schweiz geschrieben?", will Doris wissen.

„Weil ich bei Anton Stohler alles von der Pike auf gelernt habe und ihm viel verdanke. Er findet seltene Steine und Erden in seiner unmittelbaren Umgebung. Ich hingegen muss dafür weit reisen. Außerdem ist der Transport dieser Materialien hierher teuer und umständlich. Dagegen ist es ein Kinderspiel, Pigmente zu verschicken. Also werde ich zuerst meine Lagerbestände abarbeiten und danach Naturpigmente bei Anton Stohler oder anderswo einkaufen und nicht mehr selbst herstellen."

„Dann bleibst du künftig zuhause?"

„Anfangs werde ich diesen oder jenen Farbenmüller in der weiteren Umgebung aufsuchen, der mir fehlende Pigmente liefern könnte. Auch wichtige Kunden will ich besuchen und meine neue

Firma vorstellen. Aber längerfristig werde ich mich auf die Büroarbeit konzentrieren."

Klara gähnt.

„Es wird Zeit, dass wir ins Bett zu gehen", mahnt Doris.

Schwarz

Ist Schwarz überhaupt eine Farbe oder nur ein Kontrastmittel? Technisch gesehen ist es eine unbunte, neutrale Farbe, die Tod, Trauer und Angst bedeuten kann. Tiefschwarz steht auch für Macht und Stärke, vor allem aber charakterisiert es die Nacht. Schwarzes wiegt scheinbar schwerer als es tatsächlich ist. Im Kontrast zu Schwarz wirken alle anderen Farben kräftiger und eleganter. In der Geschichte der Kunst mied man Schwarztöne, bis Maler wie Henri Matisse und Friedensreich Hundertwasser glänzendes, aus Graphit gewonnenes Schwarz verwendeten, um in ihren Bildern starke Farbkontraste herauszuarbeiten. Coco Chanels „Kleines Schwarzes" gilt als Ausdruck modischer Eleganz und Individualität. Schwarz ist gegenwärtig die Lieblingsfarbe vieler Designer, vermittelt sie doch den Eindruck, etwas sei edler und kostbarer als in Wirklichkeit: mehr scheinen als sein – Kennzeichen unserer Zeit?

Klara und Georg haben sich zurückgezogen. Ich sitze mit Doris in der Stube.

„Tut mir leid, dass meine Eltern so stur am Alten kleben."

Ich tröste Doris mit dem Hinweis, dass man mit dem Älterwerden eher von seinen Erfahrungen zehrt und seltener auf Neues und Unerprobtes setzt. Auch ich hätte bisherig am Gewohnten festgehalten.

Doris versichert mir, dass sie meine Entscheidungen, egal wie sie ausfallen, voll und ganz mittragen werde, auch wenn harte Zeiten auf uns zukämen.

Ich widerspreche energisch. Unser Einkommen sei auf Jahre hinaus gesichert. In spätestens fünf Jahren würde Ledlein für gute Pigmente und hochwertige Farben stehen. Sollte Klara das Angebot annehmen, das ihr Ernst heute unterbreitet hat, könnten wir vielleicht sogar deutschlandweit im Pigment- und Farbenversand mitmischen.

„Ich werde mit Klara reden. Aber wie stellst du dir eigentlich deine neue Firma vor?"

Farbpigmente würden ein wichtiger Teil meiner Firma bleiben, versichere ich ihr, seien sie doch die Grundlage für alle weiteren Farbprodukte. Die Architekten, die Maurer, Gipser und Maler, die Färber, die Wäsche- und Kleiderfabrikanten, die Tapeten- und Teppichhersteller und nicht zuletzt die Porträtisten und Landschaftsmaler – sie alle und noch viele andere bräuchten Farben und damit Farbpigmente.

„Dann bleibt alles, wie es war?"

„Nein, liebe Doris, ich werde die meisten Pigmente en gros einkaufen, hier in meiner Mühle portionieren und an hiesige Geschäfte, Handwerker und Maler verkaufen. Auswärtige Kunden beliefere ich per Post."

„Du wolltest auch Farben herstellen, oder habe ich das falsch verstanden?"

Ja, ich würde mich künftig auf die Herstellung von Farben konzentrieren. Zuerst auf Kalkfarben, weil es einfach sei, sie herzustellen, und weil sie gegenwärtig sehr gefragt seien. Damit könne man Hausfassaden und Innenräume streichen. Danach würde ich mich den Silikatfarben zuwenden, die man mit Wasserglas statt Kalk anrührt und denen die Zukunft gehört. Sie seien witterungsbeständiger als Kalkfarben und widerstandsfähiger gegen Algen- und Pilzbefall. Und dann würde ich Künstlerfarben in der Tube und Aquarell- und Wasserfarben für Kinder in mein Sortiment aufnehmen.

Doris gähnt. „Heute Nacht schlafe ich auch in der Stube", sagt sie.

Weil ich verwundert dreinschaue, meint sie, dann wäre sie zur Stelle, wenn ich etwas bräuchte.

„Ich komme gut allein zurecht. Doris, geh bitte ins Bett. Du wirst doch nicht hier auf der unbequemen Couch schlafen wollen."

Sie sieht mich nachdenklich an. Dann schleppt sie den Toilettenstuhl herbei und rückt ihn so dicht an meine Liege heran, dass ich mich darauf schwingen kann, ohne den Boden zu berühren. Schließlich stellt sie die Urinflasche, die mir Doktor Öhmichen gegeben hat, auf den Stuhl.

„So, mein Lieber, wehe, du stehst heute Nacht auf!", ermahnt sie mich und grinst. „Sonst dreh ich dir morgen früh den Kragen rum."

„Und wie machen wir's mit dem Licht?"

Doris nimmt die kleine Petroleumlampe mit dem gläsernen Ölbehälter von der Anrichte, schraubt den Docht auf minimale Flamme herunter und stellt sie neben die Chaiselongue auf den Boden, wo sie nicht im Weg steht. Dann wünscht sie mir eine gute Nacht und schließt die Tür.

Was für ein Tag! Heute Morgen wollte ich noch verzagen, ließ den Kopf hängen, glaubte alles verloren. Und heute Abend keimt Hoffnung. Ich wittere Morgenluft und will Neues wagen.

Dass Reformen anstehen, weiß ich schon lang. Über die neuen Teerfarben stand vorletztes und letztes Jahr einiges sogar in der hiesigen Zeitung. Und mit meinen Kunden habe ich öfters darüber gesprochen. Wir leben ja nicht hinterm Mond. Ganz im Gegenteil. In diesem Landstrich ist viel erdacht und erschaffen worden. Die Zahnbürste, das Zündnadelgewehr, das Mikroskop, die Petroleumlampe, das Skatspiel, das Porzellan, die Rostbratwurst, der Kindergarten, der Christbaumschmuck und vieles andere mehr. Auch Rechenmeister Adam Ries und Reformator Martin Luther sind von hier.

Die deutsche Einheit vor vier Jahren hat die anstehenden Reformen beflügelt und viele innerdeutsche Hemmnisse beseitigt. Wir haben jetzt deutschlandweit ein einheitliches Zahlungsmittel, die Mark zu 100 Pfennig. Und mit Meter, Gramm und Liter auch einheitliche Maße und Gewichte. Der ungehinderte deutsche Warenverkehr, die neuen Gesetze der Berliner Reichsregierung und die französischen Reparationszahlungen haben die Konjunktur rasant beschleunigt. Neue Firmen schossen wie Pilze aus dem Boden. Die Aktienkurse stiegen auf schwindelnde Höhen, bis die Spekulationsblase vor zwei Jahren platzte. Einige große und viele kleine Firmen mussten Konkurs anmelden. Zugleich überschwemmten preisgünstige Importwaren den deutschen Markt, was die Erlöse aus heimischen Erzeugnissen schmälerte.

Wenn ich's recht bedenke, dann war es genau das, was mich zögern ließ, meine Firma an die neuen Gegebenheiten anzupassen. Ich hatte Angst vor dem Ruin. Erst seit heute bin ich mir sicher, dass es genau umgekehrt ist: Wer mit der Zeit geht, der gewinnt; wer sich gegen sie stemmt, der verliert.

Wenn ich zurückblicke, dann wird mir klar, dass sich das Hergebrachte mit der ganzen Starrheit seines Alters schon immer dem Neuen widersetzt hat. Es will nicht weichen, krallt sich fest. Bisher war doch alles so schön eingespielt und gewohnt. Warum sollte man es ändern? Schlussendlich aber wird immer das Neue das Gewohnte durchbrechen, so wie sich das Schneeglöckchen und die Christrose durch den frostigen Boden schieben. Das Neue drängt vorwärts, oft ungeschliffen, ungewohnt, zuweilen wirr, nicht selten ungestüm. Anfangs macht es ratlos, liegt doch über dem Alten die Würde des Bewährten und strahlt noch der Glanz vergangener Leistungen. Vergessen sind dann Schlaffheit, Leere, Langeweile und Lähmung des Bisherigen. Stattdessen erregt man sich über das Kommende, auch wenn über ihm schon der Schimmer einer neuen Verheißung liegt.

Die Angst vor dem Neuen hatte mich am Wickel. Natürlich hatte ich gehört, die neue Farbenchemie könnte auch für mich von Vorteil sein. Aber zugleich hatte ich befürchtet, ich könnte der

Entwicklung nicht gewachsen sein und unter die Räder kommen.

Mir will scheinen, dass diese Angst vor dem Neuen etwas Menschliches, vielleicht sogar etwas Angeborenes ist. Sie hilft uns, in gefährlichen Situationen zu überleben. Sie hat ihren Sitz im Kopf, selten in der Realität. Ich glaube, man kann diese Angst nie ganz ausblenden. Man muss nur darauf achten, dass sie unsere Gedanken nicht lähmt. Dann bleiben genügend Spielräume, mit gesunder Neugierde neue Situationen auszuloten und ungewohnte Wege zu erproben.

Erst heute habe ich ganz begriffen, dass ich Kraft vergeude, wenn ich gegen das unvermeidlich Kommende ankämpfe.

Die Tür öffnet sich lautlos. Doris, barfuß und im Nachthemd, schlüpft herein: „Du schläfst nicht?"

„Vom vielen Grübeln bin ich noch wach."

„Ich kann auch nicht schlafen."

„Warum?"

„Ich mach mir halt Sorgen."

„Um mich?"

„Ja." Sie steht auf und kommt gleich wieder, ihr Bettzeug unter dem Arm. „Bitte lass mich hier schlafen." Sie breitet ihr Bettzeug auf der Couch aus und schlüpft unter die Decke. „Gute Nacht, mein Lieber. Ich werde dich nicht stören."

Ich gönne mir noch einen Schluck Wein und einen Nusstaler.

„Schlaf gut", sagt Doris und dreht sich zur Wand.

„Du auch." Ich schiebe das Kissen zur Seite und lege mich entspannt zurück. Die Lampe zeichnet einen matten Lichtkreis an die Decke. Drum herum ist alles finster.

Ich starre ins Matte und entdecke stufenlos dunkler werdende Grautöne, die schließlich im Schwarzen verschwinden.

Und wie ich so vor mich hin sinniere, blitzen immer neue Gedanken auf, machen sich breit, zerfransen wieder und hindern mich am Schlaf. Schlagartig wird mir bewusst, dass ich ein glücklicher Mensch bin. Die Welt in Farbe sehen zu dürfen, ist etwas vom Kostbarsten im Leben.

Es soll ja Leute geben, die können rot nicht von grün unterscheiden oder blau nicht von gelb. Einige wenige sind sogar vollkommen farbenblind und sehen nur weiß, grau und schwarz. Maler oder Fotograf zum Beispiel können sie dann nicht werden. Sie können einen grünen Apfel nicht von einem reifen unterscheiden, auch nicht den Regenbogen genießen und sich nicht an den Farben der Blumen und der Bilder erfreuen.

Ihnen fehlt jede Möglichkeit, die Signale der Farben zu deuten. Dabei ist die Farbe doch so etwas wie die innere Sprache, die alle Menschen über Kontinente hinweg miteinander verbindet, Männer und Frauen, Junge und Alte. Orange schmeckt süß, erfrischt und fordert uns auf, lustig und gesellig zu sein. Für Violett sind die Frommen empfänglich, aber auch die Eitlen. Wer Grün sieht, kann den Frühling riechen oder einen Blick ins Paradies werfen. Braun hingegen missfällt, weist es doch auf Verdorbenes hin und löst herbe und bittere Gefühle aus. Es erheitert mich, dass ein paar Modeschöpfer nicht müde werden, Frauen in Braun zu kleiden. Oft ist das so hässlich, dass sich die Modezaren nach wenigen Monaten neue Scheußlichkeiten einfallen lassen müssen.

Ich höre, wie Doris ruhig und gleichmäßig atmet. Ich höre, wie die Gera ums Haus murmelt und das Wasserrad leise seufzt. Ich höre Ernsts mahnende Worte: „Steig in den Handel ein! Dem Optimisten gehört die Zukunft, nie dem Pessimisten." Ich höre, wie Onkel Matthias zu mir sagt: „Jetzt weißt du, lieber Eckhart, was du zu tun hast." Und Georg grinst mich an und sagt: „Papa, schwing endlich die Hufe."

Nun lasst mich ruhig schlafen und meine Doris auch, ermahne ich meine Gedanken. Verzupft euch endlich! Ich bin so schläfrig … die Lider … die Lider werden mir schwer … schwer … und morgen will ich … gleich morgen … schwarz … violett … blau … grün … rot … gelb … heller … morgen … heller …

LITERATUR VON GERD FRIEDERICH

Fachliteratur

26 Fachbücher, rund 100 Fachaufsätze, etliche Artikel in Handbüchern und Lexika sowie rund 300 Rezensionen zu pädagogischen, geschichtlichen und landeskundlichen Themen. Das letzte Fachbuch, 2015 zusammen mit Magda Krapp: *Schulleitung kompakt – Schule leiten und gestalten.*

Romane

Der Dorfschulmeister. 2008.
Der Kainsmaler. 2009.
Kälberstrick. 2010.
Schwabenbomber. 2011.
Sichelhenke. 2012.
Tod dem König. 2013.
Fräulein Lehrerin. 2015.
Verlorene Jahre. 2018.
LandLebenLiebe. 2020.
Der Glücksritter. 2022.
Die Reise. 2023.
Unser kleines Paradies. 2024.
Mit allen Wassern gewaschen. 2024.
Ein einziger Tag. 2025.